주홍색 연구

누렇고 거친 회벽에 진한 붉은색 글씨로 단어 하나가 적혀 있었다.
'RACHE'

**SHERLOCK
HOLMES**

주홍색 연구
A STUDY IN SCARLET

아서 코난 도일
공경희 옮김

더모던

A STUDY IN SCARLET _____ 차례

1부

/

**육군 의무부 소속이었던
닥터 존 H. 왓슨의 회고담**

1

셜록 홈스

1878년 런던대학교 의대 졸업 후, 군의관 임관에 필요한 과정을 이수하러 네틀리로 향했다. 거기서 과정을 수료한 후 노섬벌랜드 제5 퓨질리어 연대에 부군의관으로 정식 임명되었다. 당시 연대는 인도에 주둔했고, 내가 합류하기도 전에 2차 아프간전쟁이 발발했다. 봄베이에 상륙하니, 부대는 이미 적진 깊숙이 진격해버렸다. 하지만 나는 처지가 같은 장교 여럿과 부대를 쫓아갔고, 칸다하르에 무사히 도착했다. 거기서 소속 부대를 찾아가 곧 새 임무에 착수했다.

　전쟁은 많은 사람에게 훈장과 진급을 가져다주었지만, 내게는 불운과 큰 피해만 안겨주었다. 나는 배속된 여단에서 버크셔 연대로 이관되었고, 이 부대의 일원으로 운명의 마이완드 전투에 참가했다. 그 전투에서 제자일 총탄이 내 어깨를 관통하면서 쇄골하동맥을 스치는 바람에 어깨뼈가 부스러졌다. 부하인 위생병 머리(Murray)가 없었다면, 잔인한 이슬람 전사들에게 잡히는 신세가 됐을 것이다. 머리는 용케 나를 짐말에 싣고 영국 전선으로 무사히 데려왔다.

통증에 시달리며 오랜 고통으로 허약해진 나는, 많은 부상병 틈에 끼어 페샤와르의 기지 병원으로 후송되었

다. 그곳에서 요양하며 병동 주위를 걸어 다닐 만큼 몸을 추슬렀다. 베란다에 나가 볕을 쬘 만큼 회복했지만, 인도령의 저주인 장티푸스에 걸리고 말았다. 수개월 간 사경을 헤맨 끝에 정신을 수습해서 회복기에 접어들었지만, 내가 너무 허약하고 수척해졌다고 판단한 의료부는 하루도 지체하지 않고 나를 본국으로 송환하기로 결정했다. 나는 군 수송선 오론테스호 편으로 귀국길에 올라, 한 달 후에는 포츠머스 부두에 도착했다. 내 몸은 완쾌하기 힘들 정도로 망가졌지만, 온정적인 정부는 9개월간 회복기를 갖도록 배려해주었다.

잉글랜드 지방에는 일가친척이 없었고, 따라서 나는 깃털처럼 자유로웠다. 아니, 하루에 벌어들인 생활비 11실링 6펜스만큼은 자유로웠다. 이런 상황이라 자연스럽게 런던으로 이끌렸다. 대영제국의 모든 한량과 베짱이들이 홀린 듯 모여드는 그곳으로. 얼마 동안은 스트랜드의 작은 호텔에 머물면서 안락하고 하릴없는 생활에 젖어 분수에 맞지 않게 돈을 써댔다. 주머니 사정이 점점 나빠지자, 당장 결정을 해야 된다는 걸 깨달았다. 런던을 떠나 시골에 거처를 정하거나, 아니면 생활 방식을 완전히 바꿔야 했다. 난 후자를 선택했고, 우선 호텔에서 나와 월세 부담이 덜한 수수한 집에 거처를 정하기로 마음먹었다.

이런 결정을 내린 바로 그날, '크리테리온 바'에 서 있는데 누군가 어깨를 두드렸다. 돌아보니 세인트 바솔로뮤 병원에서 내 수술 조수였던 스탬퍼드였다. 황량하기 짝이 없는 런던에서 다정한 얼굴을 만나는 것은 외로운 사내에게 참으로 반가운 일이다. 원래 돈독한 사이는 아니었지만 난 스탬퍼드를 화들짝 반겼다. 그러자 그 친구도 반기는 눈치였다. 나는 기분이 좋아서 홀번에서 점심을 먹자고 청했고, 우리는 이륜마차를 타고 출발했다.

북적대는 런던 거리를 덜컥대며 지나는 중에, 스탬퍼드가 놀란 기색을 감추지 않고 물었다. "그간 어떻게 지내신 겁니까, 왓슨 선생님? 꼬챙이처럼 마르고 얼굴이 흙빛이네요."

나는 지난 일을 간략히 풀어놓았다. 미처 얘기를 끝내기도 전에 목적지에 도착했다.

"고생하셨군요! 이제 어떻게 하실 겁니까?" 스탬퍼드는 내 불운한 사정을 듣고 동정하면서 말했다.

"거처를 구해야지. 집세가 적당하고 아늑한 방을 구하는 게 문제야." 내가 답했다.

"이거 참 신기하네요. 오늘 똑같은 말을 들었거든요." 스탬퍼드가 말했다.

내가 물었다. "누구한테?"

"병원의 화학 실험실 사람한테서요. 오늘 아침에 그가 푸념하더라고요. 좋은 집을 구했는데, 집세가 버거워서 나눠 낼 사람을 구하는 데 쉽지가 않다고요."

내가 외쳤다. "이럴 수가! 집세를 나눠 낼 동거인을 구한다면, 내가 적격이지. 나도 혼자 사느니 누구랑 같이 사는 편이 낫고."

스탬퍼드는 와인글라스 너머로 좀 묘하게 날 쳐다봤다. "아직 셜록 홈스를 모르셔서 그래요. 계속 붙어 있다 보면 분명히 싫어질 겁니다."

"왜, 무슨 문제라도 있는 사람인가?"

"흠, 딱히 문제가 있다고는 말하지 않겠습니다. 그저 생각이 좀 괴상하지요. 과학의 어떤 분야들에 대해 광적이고요. 제가 알기로는 제법 괜찮은 사람입니다."

"의학도겠군?" 내가 말했다.

"아니요. 그가 어느 분야에서 일할 작정인지 통 모르겠어요. 해부학에 일가견이 있고 일류 화학자인 건 분명한데, 제가 알기로는 체계적인 의학 수업을 받은 적이 없거든요. 연구 분야들이 종잡을 수 없고 이상한데, 담당 교수들도 놀랄 만한 별난 지식을 잔뜩 갖고 있어요."

"그에게 앞으로 뭘 할 건지 물어본 적 있나?" 내가 물었다.

"아니요. 쉽게 입을 열 사람이 아니거든요. 공상에 빠지면 말수가 많아지기도 하지만."

"만나보고 싶군. 누군가와 살아야 된다면, 학구적이고 조용한 습성을 가진 사람이 낫겠지. 내가 소음이나 흥분을 감당할 만큼 건강한 상태가 아니니까. 아프가니스탄에서 평생 겪을 소음과 흥분을 다 겪었거든. 자네 친구를 만나려면 어떻게 해야 되지?"

"틀림없이 실험실에 있을 겁니다. 몇 주씩 안 나오기도 하지만, 그런 경우가 아니라면 아침부터 밤까지 자리를 지키거든요. 괜찮으시면 식사를 마치고 같이 가보시죠." 스탬퍼드가 대답했다.

"그러세." 나는 대답했고 대화는 다른 화제로 넘어갔다.

홀번을 떠나 병원으로 가면서, 스탬퍼드는 앞으로 나와 함께 살게 될 셜록 홈스에 대해 몇 가지 더 알려주었다.

"셜록과 잘 지내지 못하더라도 저를 원망하지는 마세요. 이따금 실험실에서 부딪치면서 알게 된 것 말고는 저도 그에 대해 아는 게 없습니다. 이 제안은 박사님이 하신 거니까 제 책임으로 돌리시면 곤란합니다."

내가 대꾸했다. "둘이 잘 지내지 못한다면 갈라서기도 쉽겠지. 내가 보기엔 말이지, 스탬퍼드." 나는 그를 빤히 쳐다보면서 말을 이어갔다. "자네가 이 일에서 손을 떼려는 이유가 있어. 그 사람의 성미가 그렇게나 고약한가? 아니면 뭐 때문이지? 빙빙 돌려 말하지 말라구."

스탬퍼드가 웃으면서 대답했다. "말로 표현할 수가 없는 걸 말로 표현하려니 쉽지가 않네요. 홈스는 지나치게 과학적이어서 제 취향에는 맞지 않아요. 냉혈한에 가깝다 싶을 정도거든요. 정확한 효과를 알아내기 위해서라면, 친구에게 최신 식물 알칼로이드를 약간 먹일 수도 있는 사람이죠. 악의가 있어서가 아니라 순전히 호기심 때문에 말입니다. 심지어 홈스 자신도 기꺼이 그 약물을 먹을 겁니다. 명확한 지식에 대해 커다란 열정을 가진 사람 같아요."

"글쎄, 그건 좋은 점 아닌가?"

"그렇습니다. 한데 너무 과해 보인단 말이죠. 해부실에서 작대기로 실험 대상을 때릴 때 보면 기괴하기 짝이 없거든요."

"실험 대상을 때리다니!"

"그렇다니까요, 사후에 얼마나 시간이 흘러야 멍 자국이 생기는지 입증하겠다고 말입니다. 홈스가 그러는 걸 제 눈으로 똑똑히 봤어요."

"그런데도 의학도가 아니라고?"

"네. 연구의 목적이 뭔지 당최 알 수가 없으니까요. 기왕 여기 왔으니, 박사님이 직접 만나 그의 인상이 어떤지 살펴보십시오." 스탬퍼드가 말했다. 좁은 통로를 내려가 작은 옆문으로 들어가니 큰 병원이 나왔다. 내가 잘 아는 곳이라 안내받을 필요도 없이, 둘이 나란히 썰렁한 돌계단을 올라가 긴 복도를 지났다. 양옆으로 하얗게 칠한 복도와 누런색 문들이 이어졌다. 복도 끄트머리 부근에서 낮은 아치 통로를 지나자 화학 실험실이 나왔다.

실험실은 천장이 높고, 수많은 약병들이 줄지어 혹은 흩어져 놓여 있었다. 여기저기 넓고 낮은 탁자들에는 증류기, 시험관, 파란 불꽃이 타는 작은 분젠 램프들이 잔뜩 있었다. 실험실에는 연구원 한 명만 있었는데, 그는 멀리 있는 탁자에서 몸을 굽히고 일에 몰두하고 있었다. 우리 발소리를 듣고 그가 힐끗 돌아보더니 환호성을 지르면서 허리를 폈다. "찾았어요! 찾았어!" 그가 스탬퍼드에게 소리치면서 시험관을 들고 우리에게 달려왔다. 그는 얼른 말을 이었다. "다른 것에는 반응하지 않고 오로지 헤모글로빈만 침전시키는 시약을 발견했어요!" 금광을 발견한들 그보다 얼굴이 빛날 수 없을 터였다.

스탬퍼드가 나와 연구원을 인사시켰다. "이쪽은 왓슨 박사, 이쪽은 셜록 홈스 씨입니다."

"안녕하세요? 아프가니스탄에 다녀왔군요." 그가 내 손을 잡으면서 친절하게 인사했다. 생각보다 손힘이 셌다.

"어떻게 알았습니까?" 나는 놀라서 물었다.

그가 키득대며 대답했다. "신경 쓰지 말아요. 당장의 문제는 혜모글로빈이니까. 내가 발견한 게 어떤 의미가 있는지 확실히 알겠습니까?"

"화학적으로 흥미로운 건 사실이지만 실용적으로는……." 내가 대꾸했다.

"이봐요, 이건 요 몇 년 새 법의학상 가장 실용적인 발견이라고요. 이게 착오 없는 혈흔검사를 가능하게 한다는 걸 모르나, 원. 이리 와보세요!" 홈스는 얼른 내 코트 소매를 붙잡고 작업 중인 탁자로 끌고 갔다. "새 혈액으로 검사해봅시다." 그가 말하면서 긴 돗바늘로 자기 손가락을 찔러 핏방울을 피펫에 담았다. 홈스가 말을 이었다. "자, 이 소량의 혈액을 물 1리터에 넣겠습니다. 그 혼합액은 순수한 물과 똑같아 보이겠지요. 혈액의 비율이 백만분의 일도 안 되니까. 하지만 의심의 여지없이 특유의 반응을 얻을 수 있을 겁니다." 그는 말하면서 그릇에 흰 알갱이 몇 개를 던지고 투명한 액체를 몇 방울 더 넣었다. 그 순간 내용물이 뿌연 적갈색을 띠면서 유리그릇의 밑바닥에 갈색 침전물이 생겼다.

"하! 하!" 셜록 홈스가 손뼉을 치면서 좋아했다. 마치

새 장난감을 얻은 아이의 표정이었다. 그가 물었다. "어떻게 생각합니까?"

내가 대답했다. "상당히 정밀한 검사 같군요."

"굉장하지요! 굉장해! 기존의 유창목 수지 검사는 너무나 어설프고 불확실했지요. 현미경으로 혈구를 검사하는 방법도 마찬가지고. 혈흔은 몇 시간만 지나도 현미경 검사를 할 수 없게 되거든요. 그런데 이 검사는 오래된 혈액이든 새 혈액이든 제대로 반응할 것 같네요. 이 검사법이 예전에 발명되었다면, 지금 세상을 누비는 수백 명의 범인이 오래전에 죗값을 치렀을 텐데 아쉽지요."

"그렇군요!" 내가 중얼거렸다.

"범죄 사건들은 늘 그 사실 하나로 좌우됩니다. 범죄가 발생하고 몇 달 지나 용의자가 나타나지요. 그의 침구나 옷을 검사하면 갈색 얼룩이 발견됩니다. 그것은 핏자국일까? 아니면 진흙 얼룩? 혹은 과일이 물든 자국? 아니면 뭘까? 지금까지 수많은 전문가를 난감하게 만든 질문이 그겁니다. 그러면 어째서? 믿을 만한 검사법이 없었으니까. 이제 셜록 홈스 검사법이 생겼으니 앞으로는 아무런 어려움도 없을 겁니다."

셜록 홈스는 눈을 반짝이면서 말하더니, 앞에 박수 치는 사람들이 모인 상상이라도 하는지 가슴을 손에 대고 고개를 숙였다.

"축하드릴 일이네요!" 나는 홈스의 열띤 태도에 무척 놀라 대꾸했다.

"작년에 프랑크푸르트에서 폰 비쇼프 사건이 있었습니다. 당시 이 검사법이 있었다면 그자는 교수형을 당했을 겁니다. 또 브래드퍼드의 메이슨도 있었고, 악명 높은 밀러, 몽펠리에의 르페브르, 뉴올리언스의 샘슨. 이 검사법이 결정적으로 작용했을 사건을 20가지도 넘게 꼽을 수 있지요."

"범죄 사건을 줄줄 꿰네요. 그 계보로 신문을 창간해도 되겠어요. 제호를《사건 대백과》로 하면 안성맞춤이겠군요." 스탬퍼드가 웃으면서 말했다.

"아주 흥미로운 읽을거리가 되겠지요." 셜록 홈스가 말했다. 그는 바늘에 찔린 자리에 작은 반창고를 붙이면서 나를 쳐다보며 싱긋 웃더니 덧붙였다. "독극물을 많이 만져서 조심해야 되거든요." 그가 말하면서 손을 보여주었다. 비슷한 반창고가 잔뜩 붙어 있었고, 강한 산성 물질이 닿아 탈색되어 있었다.

"용무가 있어서 찾아왔습니다만." 스탬퍼드가 말하면서 다리가 세 개인 높은 스툴에 앉았다. 그는 발로 다른 의자를 내 쪽으로 밀면서 말을 이었다. "여기 내 친구가 거처를 구하는데, 홈스 씨가 집세를 나눠 낼 사람을 구하기 어렵다고 투덜댔잖아요. 그래서 두 분을 소개시켜주면 좋겠다고 생각했지요."

셜록 홈스는 나와 집을 같이 쓴다는 것이 흡족한 눈치였다. 그가 말했다. "베이커 가에 있는 집을 눈여겨보고 있는데, 우리에게 딱 맞을 겁니다. 강한 담배 냄새를 꺼리지 않으면 좋겠습니다만?"

"나도 늘 독한 군납 담배를 피우는걸요." 내가 대답했다.

"그거 잘됐군요. 난 화학 약품들을 주변에 두고 자주

실험을 합니다. 그러면 곤란할까요?"

"상관없습니다."

"어디 보자. 또 다른 단점이 뭐가 있더라? 종종 의기소침해지고 며칠씩 계속 입을 열지 않기도 해요. 내가 그러더라도 토라졌다고 생각하면 안 됩니다. 그냥 내버려두면 곧 괜찮아질 거예요. 이제 당신도 털어놔보시죠? 두 사람이 공동생활을 시작하기에 앞서 서로 최악의 단점을 아는 것도 나쁘지 않을 테니."

나는 이 쌍방 점검에 웃음이 나왔다. "난 소총을 갖고 있고, 신경이 예민해서 시끄러운 건 딱 질색입니다. 또 기상 시간이 중구난방이고 극도로 게으릅니다. 상태가 괜찮을 때도 단점들이 있지만, 지금 생각나는 건 그 정도네요."

"시끄러운 것에 바이올린 연주도 들어갈까요?" 홈스가 초조하게 물었다.

내가 대답했다. "그거야 연주자에 따라 다르겠지요. 실력 있는 사람이 연주하는 바이올린 소리는 귀 호강이겠죠. 형편없는 연주라면……"

셜록 홈스가 즐겁게 웃으면서 말을 끊었다. "아니, 그럼 됐습니다. 얘기가 마무리된 것 같군요. 집이 선생 마음에 든다면 말입니다."

"언제 집을 볼까요?"

"내일 정오에 나를 찾아오십시오. 같이 가서 모든 걸 결정합시다." 그가 대답했다.

"좋습니다. 정확히 정오에." 내가 그와 악수하면서 말했다.

우리는 홈스를 화학 실험실에 두고 나와서, 내가 묵는 호텔 쪽으로 향했다.

내가 불쑥 걸음을 멈추고 스탬퍼드에게 몸을 돌리고 물었다. "그런데 그 친구는 대체 어떻게 내가 아프가니스탄에서 온 걸 알았을까?"

스탬퍼드는 알 듯 말 듯한 미소를 지었다. 그가 말했다. "그게 홈스의 독특한 점입니다. 그가 어떻게 그런 것들을 척척 알아맞히는지 알고 싶어 하는 사람이 한둘이 아닙니다."

내가 손을 비비면서 말했다. "그렇군! 그게 수수께끼 군? 이거 아주 짜릿한데. 우리를 연결시켜줘서 고맙네. '인류가 마땅히 연구할 대상은 인간이다'라고 알렉산더 포프가 말했지 않나."

스탬퍼드가 내게 작별 인사를 하면서 말했다. "그러면 그 사람을 연구해보셔야 될 겁니다. 까다로운 사람이란 걸 알게 되겠지만요. 박사님이 홈스에 대해 알아내는 것보다는 그가 박사님에 대해 알아내는 게 더 많을 겁니다. 그럼 안녕히 가십시오."

"잘 가게." 나는 대답하고 호텔로 들어갔다. 나는 새로 알게 된 사람에게 큰 흥미를 느꼈다.

2

추리학

다음 날 우리는 약속한 시간에 만나서 베이커 가 221B호를 구경했다. 전날 만났을 때 홈스가 말한 그 집이었다. 쾌적한 침실 두 개와 통풍이 잘되는 큼직한 거실로 이루어진 집은 명랑한 분위기로 꾸며져 있었고, 큰 창 두 개로 볕이 들었다. 어느 모로 보나 욕심나는 아파트였고, 집세를 반분하면 썩 괜찮은 조건인지라 그 자리에서 계약했다. 그래서 집은 즉시 우리 차지가 되었다. 나는 그날 저녁 당장 호텔에서 짐을 옮겼고, 다음 날 아침 셜록 홈스도 상자와 가죽 트렁크 몇 개를 가져왔다. 하루 이틀 짐을 풀고 가장 편리하게 생활할 수 있도록 정리하느라 분주했다. 그 일을 마치자, 점점 자리가 잡히고 우리는 새 환경에 적응하기 시작했다.

홈스는 같이 살기에 힘든 사람이 아닌 것은 분명했다. 조용히 지냈고 생활습관도 규칙적이었다. 밤 10시 전에 잠자리에 들었고, 아침에는 내가 일어나기도 전에 식사를 마치고 외출했다. 이따금은 종일 화학 실험실에, 때로는 해부실에 박혀 지내고 긴 산책도 자주 했다. 주로 런던의 가장 남쪽 지역을 걷는 듯했다. 홈스가 일에 발동이 걸렸다 하면 아무것도 그 열정을 못 이겼다. 하지만 가끔은 뭔가에 반응해서, 내리 며칠씩 아침부터 밤까지 거실 소파에 누워 말 한마디 없이 꼼짝 않고 보내기도 했다. 몽롱하고 공허한 그의 눈빛을 보면서 마약중독을 의심할 법도 했지만, 홈스의 생활이 절제와 결벽 자체였기에 그런 의심은 애초에 떨쳐버렸다.

몇 주 지나면서 홈스에 대한 관심과 그의 인생 목표에 대한 호기심이 점점 깊고 커졌다. 그의 개성과 외모는 그와 아무 상관이 없는 사람도 관심을 가질 만큼 독특했다. 키는 180센티가 넘고 꼬챙이처럼 말라서 훨씬 더 커 보였다. 앞서 말한 무력감에 빠질 때를 제외하면 눈빛은 날카롭고 무엇이든 꿰뚫어 보는 듯했다. 가는 매부리코는 전반적으로 신중하고 단호한 인상을 주었다. 턱 또한 결단력 있는 사람답게 도드라지고 각진 모양이었다. 손은 잉크 자국과 화학약품으로 얼룩투성이였다. 깨지기 쉬운 실험 기구를 다룰 때 보면 손길이 유난히 섬세한 걸 알 수 있었다.

나를 오지랖 넓은 참견쟁이로 보겠지만, 고백컨대 이 사람 자체가 호기심을 꽤나 자극했다. 나는 셜록 홈스 스스로 밝히지 않은 점들을 알아내려 애면글면했다. 하지만 나를 참견쟁이로 낙인찍기 전에, 내 삶이 아무 목적도 없고 관심을 쏟을 대상이 없었던 점을 고려해주기를. 건강이 안 좋아서 유난히 온화한 날 외에는 바깥출입을 못할 정도의 몸 상태였고, 찾아와 따분한 일상을 달래줄 친구 한 명 없었다. 이런 신세니 동거인과 관련된 소소한 미스터리가 반가운 게 당연했다. 그걸 풀면서 긴 시간을 보냈다.

홈스는 의학 공부를 하지 않았다. 이 점은 처음부터 스 탬퍼드가 의아해하던 부분이었는데, 그에게 직접 답을 들을 수 있었다. 홈스는 과학 부문 학위를 따거나 학계에 입문할 만한 등용문을 위한 과정을 이수한 건 아닌 듯했다. 하지만 특정 분야에 대한 열의가 대단했고, 별나다 싶을 만치 방대하고 세세한 지식을 지니고 있었으며 믿기 힘든 정보를 알아내는 데 비상했다. 가시적인 분명한 목적이 없다면 누가 그렇게 열심히 연구하거나 정확한 정보를 축적할까. 그럴 만한 합당한 이유가 없다면 아무도 그런 시시콜콜한 것들로 머릿속을 복잡하게 하지 않을 것이다.

홈스는 지식 못지않게 무지 또한 두드러졌다. 현대문학, 철학, 정치학은 거의 아무것도 몰랐다. 내가 유명한 토머스 칼라일을 언급하자, 홈스는 그가 누구며 무슨 일을 했냐고 순진무구하게 물었다. 하지만 내가 그보다 더 깜짝 놀랐던 것은, 그가 지동설과 태양계에 대해 무지하다는 걸 우연히 알았을 때였다. 19세기 문명인이 지구가 태양 주위를 돈다는 사실을 모른다는 게 어불성설이라 눈치도 못 채고 지나칠 뻔했다. 나의 놀라는 표정을 보고 홈스는 빙그레 웃으면서 말했다.

"엄청나게 놀랐나 보군요. 이제 그 사실을 알았으니 잊기 위해 최선을 다해야 되겠네요."

"잊기 위해라니요!"

"원래 인간의 뇌는 좁고 빈 다락 같아서, 가재도구를 골라서 채워야 되거든요. 얼간이들은 닥치는 대로 온갖 잡동사니를 마구잡이로 넣어서 정작 필요한 지식이 들어갈 자리가 없거나 다른 것들과 뒤죽박죽되어 찾기 어렵지요. 노련한 연구자는 대단히 신중하게 뇌, 즉 다락에 집어넣을 것을 정합니다. 일을 하는 데 필요한 도구들밖에 들여

놓지 못해도, 이것들을 많이 모으고 완벽한 순서로 정리해두지요. 작은 방의 벽이 고무줄처럼 늘어나서 면적을 넓힐 수 있다고 생각하는 건 착각입니다. 지식을 더 넣을 때마다 이전의 지식은 잊어야 되는 때가 반드시 오지요. 따라서 불필요한 것들이 유용한 사실들을 밀어내지 않게 하는 게 관건입니다." 셜록이 설명했다.

"하지만 태양계인데!" 내가 맞받아쳤다.

그가 답답해하면서 내 말을 잘랐다. "그게 나랑 무슨 상관이 있습니까? 우리가 태양 주위를 돈다고요. 한데 우리가 달 주위를 돈다고 한들 나나 내 일은 손톱만치도 달라지지 않아요."

그럼 당신이 하는 일이 뭐냐고 물어보려 했지만, 홈스의 태도를 보니 그가 반기지 않을 질문이라는 감이 잡혔다. 그래도 그와 나눈 간단한 대화를 곱씹으면서, 추리 능력을 발휘하려고 애썼다. 홈스는 목적에 맞지 않는 지식은 얻지 않겠노라고 했다. 따라서 그의 지식은 죄다 쓸모 있는 내용이라는 뜻이었다. 난 홈스가 유독 잘 아는 듯해 보이는 다양한 항목들을 머릿속으로 열거했다. 급기야 연필을 쥐고 그것들을 적어 내려갔다. 목록을 다 만들자 나도 모르게 싱긋 웃었다. 목록은 다음과 같았다.

셜록 홈스 - 지식의 범위

1. 문학 지식: 무(無)

2. 철학 지식: 무(無)

3. 천문학 지식: 무(無)

4. 정치학 지식: 극히 적음.

5. 식물학 지식: 가변적. 벨라도나, 아편, 독극물에 일반적으로 정통. 실질적인 원예 지식은 없음.

6. 지실학 지식: 실용적인 지식은 있지만 제한적. 각종 토양을 힐끗 보고 구분함. 산책 후 바짓단에 튄 흙을 보면서, 색상과 농도로 런던의 어느 지역에서 묻은 것인지 말해줌.

7. 화학 지식: 심오함.

8. 해부학 지식: 정확하지만 비체계적.

9. 선풍적인 문헌 지식: 막대함. 금세기에 자행된 끔찍한 사건들 전부를 세세히 아는 듯함.

10. 바이올린 연주 특출.

11. 목검, 권투, 검술 전문가.

12. 영국법 관련 실질적인 지식 풍부.

여기까지 목록을 적다가 낙심해서 나는 종이를 난로에 던졌다. 그리고 혼잣말로 중얼댔다. "이 목록들을 다 취합해서 이런 지식들이 요구되는 직업을 파악하면, 그가 무슨 일에 골몰하는지 알아낼 수 있겠지. 하지만 공연한 짓은 그만두는 게 나을 것 같아."

앞에서 그의 바이올린 실력에 대해 말한 바 있다. 연주 솜씨가 빼어났지만, 다른 점들 못지않게 괴상한 면이 있었다. 내가 청한 멘델스존의 〈무언가〉와 애청곡들을 연주하는 걸 보면 그보다 어려운 곡들도 연주할 줄 아는 게 분명했다. 그런데 그는 혼자 있을 때면 어떤 음악이나 알려진 선율을 연주하지 않았다. 저녁이면 안락의자에 기대앉아 눈을 감고, 무릎에 놓인 바이올린을 마구 그어대곤 했다. 가끔 낭랑하고 구슬픈 선율이 흘렀다. 종잡없고 쾌활한 소리가 날 때도 있었다. 선율이 그가 몰두한 생각을 암시하긴 해도, 음악이 생각을 촉발하는지 또는 아무렇게나 활을 긋는지는 알 수 없었다. 짜증스러운 연주에 내가 발끈할 만도 했지만, 홈스는 마지막에는 언제나 내 애청곡 메들리를 연주해서 마음을 풀어주었다.

첫 한 주 동안 방문객이 없자, 동거인도 나만큼이나 친구가 없는 사람이라는 생각이 들기 시작했다. 하지만 곧, 그에게는 각양 각층의 지인이 많다는 사실을 알게 되었다. 나는 레스트레이드라는 사람과 인사를 나누었다. 누런 쥐상에 눈이 까만 그는 일주일 새 서너 번이나 홈스를 찾아왔다. 어느 아침 세련된 차림새의 젊은 아가씨가 찾

아와서 30분 이상 머물다 갔다. 그날 오후에는 허름한 행색의 머리가 허연 남자가 다녀갔다. 유대인 행상으로 보이는 사내는 무척 흥분한 듯했다. 연이어 허술한 차림새의 노파가 왔다. 백발 신사가 내 동거인과 면담을 했고, 무명 벨벳 제복을 입은 기차역 짐꾼이 오기도 했다. 이 정체불명의 손님들이 찾아오면 셜록은 거실을 쓰게 해달라고 부탁했고, 난 방으로 물러가곤 했다. 그때마다 그는 불편을 끼쳤다며 사과했다.

셜록 홈스가 말했다. "이 방을 사업장으로 써야 해서 말이지요. 이 사람들은 내 고객들이라서." 또다시 직접적으로 물어볼 기회가 생겼지만, 우유부단한 나는 상대를 채근할 수가 없었다. 당시 난 홈스가 직업을 밝히지 않는 데는 뚜렷한 이유가 있으리라 짐작했다. 하지만 그런 예상을 깨고 곧 그가 자진해서 말을 꺼냈다.

3월 4일이었다. 날짜를 기억하는 확실한 이유가 있다. 그날 평소보다 일찍 일어나서 보니, 셜록 홈스가 아직 식사 중이었다. 내가 늘 늦게 일어나기 때문에 여주인은 내 밥상을 차리거나 커피를 준비해두지 않았다. 난 짜증이 나서 얼토당토않게 종을 울려 식사를 하겠다고 알렸다. 그러고 나서 시간이나 때우려고 식탁에서 잡지를 집었다. 그사이 내 동거인은 말없이 토스트를 씹었다. 잡지에 실린 기고문의 제목이 연필로 표시되어 있어서 자연스레 눈이 거기로 쏠렸다.

〈생명의 책〉이라는 거창한 제목의 글로, 용의주도한 사람은 앞에 놓인 것들을 전부 정확하고 체계적으로 관찰해서 아주 많은 사실을 파악할 수 있다는 취지의 내용이었다. 면밀하면서도 모순되는 글이란 생각이 들었다. 논리가 촘촘하고 탄탄했지만, 추론의 결과는 억지로 갖다 붙이고 과장된 것처럼 보였다. 필자는 순간의 표정, 근육의 씰룩임이나 힐끗 보는 눈길로도 사람의 깊은 속내를 간파할 수 있다고 주장했다. 숙달된 관찰력과 분석

능력을 가진 사람을 속일 수 없다는 것이었다. 그가 내린 결론들은 유클리드의 많은 명제들처럼 오류가 없다나. 초심자들은 필자가 결론에 이르는 과정을 배우기 전까지는 그 결론들에 놀라서 그를 점쟁이로 여길 거라고 했다.

필자는 이렇게 썼다. '논리적인 사람은 대서양이나 나이아가라폭포를 보고 들은 적이 없어도 물 한 방울로 대서양이나 나이아가라의 물일 가능성을 추론할 수 있다. 모든 생명은 그런 거대한 사슬로 이어져 있어서, 고리 하나만 봐도 그 본질이 드러난다. 다른 기술들처럼 추리 분석학 역시 장기간의 꾸준한 연구를 통해 숙지되나, 가장 완벽한 수준에 도달할 만큼 사람의 수명은 길지 않다. 시간의 한계가 있고 정신적인 측면이 있는 난제를 접하기에 앞서, 더 기본적인 문제부터 풀기 시작하자. 사람을 만나면 힐끗 쳐다보는 것으로 상대의 내력, 직업이나 소속 분야를 파악해보자. 이런 행동은 유치해 보이지만, 관찰력을 연마시키고 어디를 보고 무엇을 찾아봐야 될지 가르쳐준다. 상대방의 손톱, 코트 소매, 신발, 바지 무릎, 엄지와 검지의 굳은살, 표정, 소맷부리 등등. 이런 각각의 사항으로 상대의 직업이 명확히 드러난다. 어떤 경우든 능력 있는 관찰자는 그것들을 취합해 밝힐 수 있다.'

"이런 헛소리가 있나! 이런 말도 안 되는 소리는 평생 처음 들어보네!" 내가 잡지를 식탁에 탁 내려놓으면서 말했다.

"뭔데요?" 셜록 홈스가 물었다.

난 아침 식사를 하려다가 달걀 수저로 잡지를 가리키면서 대답했다. "이 글이오. 표시해놓은 걸 보니 선생도 읽었겠네요. 짜임새 있는 글인 것은 부인할 수 없지만 짜증스럽군요. 방구석에 박혀 앞뒤 안 맞는 얘기를 매끄럽게 정리한 탁상공론에 불과합니다. 현실적이지 않아요. 저자를 지하철 삼등칸에 집어넣고 탑승객들의 직업을 알아맞히게 하고 싶군요. 못 맞힌다에 천 대 일로 돈 내기를 하겠어요."

"돈을 잃을 텐데요. 왜냐면 내가 쓴 글이니까." 셜록 홈스가 차분하게 대꾸했다.

"선생이!"

"그래요, 난 관찰과 추리, 양쪽에 다 재능이 있거든요. 내가 쓴 글에서 박사가 황당무계하다 고 본 이론들은 사실 무척 실용적입니다. 그 이론들을 내세워 밥벌이를 할 만큼 유용하지요."

"도대체 어떻게?" 나도 모르게 질문이 나왔다.

"흠, 난 사업을 합니다. 이런 사업을 하는 사람은 세상에 나밖에 없을 겁니다. 이해할 수 있을지 모르겠지만 난 상담을 해주는 탐정입니다. 여기 런던에는 공무원인 수사관들과 사립 탐정들이 많아요. 이들이 난관에 봉착하면 나를 찾아오고, 난 제대로 방향을 잡게 도와줍니다. 그들이 앞에 모든 증거를 펼쳐놓으면 난 범죄역사 지식을 동원해서 보통은 방향을 제대로 잡아줄 수 있지요. 악행에는 강력한 가족 유사성이 있기에, 천 가지 사건의 세부 사항을 요리하면 천한 번째 사건을 해결하는 것은 식은 죽 먹기지요. 레스트레이드는 유명한 수사관입니다. 최근에 문서위조 사건을 파다가 미궁에 빠져서 여기 찾아온 겁니다.”

“그러면 다른 사람들은?”

“대부분 사설 조사소에서 보낸 사람들이지요. 다들 난처한 상황에 빠져서 약간의 힌트를 원합니다. 난 그들의 사연을 귀담아듣고 그들은 내 견해를 귀담아듣고, 그리고 나면 내 주머니에 상담료가 들어오지요.”

“하지만 남들은 직접 세세한 부분까지 보고도 못 푸는 매듭을, 선생은 방에서 나가지도 않고 해결할 수 있다는 겁니까?” 내가 물었다.

“바로 그겁니다. 내가 그런 유의 직감 같은 걸 가졌거든요. 가끔 사건이 약간 복잡할 때도 있어요. 그러면 주변을 돌면서 내 눈으로 상황을 확인합니다. 나는 여러 문제에 적용되는 많은 특수한 지식들을 가진 덕분에 난제들을 술술 풀 수가 있지요. 박사가 비웃은 그 기고문에 적힌 추리 법칙들은 내 밥벌이에 유용합니다. 내게 관찰은 제2의 천성이지요. 처음 만났을 때 내가 아프가니스탄에서 왔느냐고 말하자 놀란 눈치던데요."

"어디서 듣고 알았겠지요."

"전혀 아닙니다. 난 박사가 아프가니스탄에서 왔다는 걸 보자마자 알았어요. 오랜 습관으로 머릿속에서 생각들이 꼬리를 물며 달음질쳤고, 중간 단계들을 거치지 않고 결론에 도달했지요. 하지만 중간 단계들이 있기는 했어요. 이런 식으로 추리가 이어진 겁니다. '이 신사는 의사 타입이긴 한데 군인 냄새가 나는군. 그렇다면 군의관인 게지. 피부가 검은 걸 보면 열대 지방에서 막 돌아왔고, 손목이 흰 걸로 봐서 원래 피부색이 저렇지는 않아. 고생과 병마에 시달렸군. 햄쑥한 얼굴로 볼 때 확실해. 왼팔에 부상을 입었군. 팔을 뻣뻣하고 어색하게 내리고 있잖아. 영국 군의관이 몹시 고생하고 팔을 다칠 만한 열대 지역이 어디일까? 아프가니스탄이 확실해.' 1초 만에 이런 생각이 들었지요. 그래서 아프가니스탄에서 돌아왔냐고 물으니 박사가 깜짝 놀라더군요."

나는 빙그레 웃으면서 대답했다. "설명대로라면 아주

간단하군요. 선생을 보니 에드거 앨런 포의 주인공 뒤팽이 떠오릅니다. 소설 아닌 현실에 그런 사람이 있는 줄 미처 몰랐습니다."

셜록 홈스는 일어나서 파이프에 불을 붙였다. 그가 말했다. "칭찬이랍시고 나를 뒤팽과 비교하는 거겠지요. 그런데 내가 보기에 뒤팽은 몹시 덜떨어진 작자거든요. 15분이나 침묵하고 있다가 갑자기 끼어들어 다른 사람의 생각을 방해하는 건 도를 넘는 과시고 천박한 일이지요. 천재적인 분석력의 소유자임은 분명하지만, 에드거 앨런 포가 짐작했을 만한 고수는 결코 아니었지요."

내가 물었다. "에밀 가보리오의 소설을 읽어본 적 있습니까? 르콕은 당신이 생각하는 탐정에 부합합니까?"

셜록 홈스는 냉소적으로 코웃음 쳤다. 그가 발끈하며 대꾸했다.

"르콕은 형편없는 하수였어요. 그를 좋게 볼 만한 점은 딱 하나, 에너지였지요. 아주 못마땅한 책이었어요. 문제는 미지의 죄인을 어떻게 알아내느냐 하는 것인데, 나라면 24시간 내에 해결했을 텐데 르콕은 무려 6개월이나 걸렸으니. 하긴 탐정들에게 피해야 될 것들을 가르칠 교과서로는 쓸 만하겠군."

내가 감탄했던 소설의 두 주인공이 이렇게 난도질을

당하니 부아가 치밀었다. 난 창문으로 다가가서 부산한 거리를 내다보며 서 있었다. 속으로 중얼댔다. '이 친구, 머리는 무척 좋을지 몰라도 오만하기 짝이 없군.'

셜록 홈스가 불만스럽게 말했다. "요즘은 이렇다 할 사건과 범인이 없으니 이쪽 업계에서 머리가 좋아봤자 무슨 소용이 있나. 내가 유명세를 얻을 만한 두뇌를 가진 건 잘 압니다. 나만큼 수사에 시간을 쏟아 연구하고 재능을 가진 사람은 현재에도, 과거에도 없었거든요. 그런데 결과가 어떤가요? 수사할 범죄 사건이 없다니까요. 아니 기껏해야 경시청 경관도 훤히 꿰뚫어 볼 만한 빤한 동기를 가진 서툰 악당밖에 없으니."

난 셜록 홈스가 큰소리치는 게 여전히 못마땅했다. 화제를 바꾸는 게 좋겠다 싶었다.

"저 사람이 뭘 찾고 있는지 궁금하네요." 나는 건너편 길을 천천히 내려오는 사내를 손짓했다. 소탈한 차림의 건장한 사내는 번지수를 초조하게 살폈다. 큼지막한 파란 봉투를 든 품으로 봐서 편지 배달원임이 분명했다.

"퇴역 해병대 중사 말입니까?" 셜록 홈스가 물었다.

나는 속으로 중얼댔다. '또 허풍 떨기는! 저 추측을 내가 증명할 수 없다는 걸 알고 큰소리치는 거야.'

그 생각을 끝내기도 전에, 우리가 쳐다보던 사내는 우

리 현관의 번지수를 보고 냉큼 길을 건넜다. 노크 소리에 이어 아래층에서 낮은 목소리가 들리더니, 충계를 오르는 무거운 발소리가 들렸다.

"셜록 홈스 씨에게 온 겁니다." 사내가 방으로 들어와서, 홈스에게 편지를 건네주었다.

지금이야말로 그의 코를 납작하게 누를 기회였다. 셜록 홈스는 이런 순간이 올 줄 모르고 아무 말이나 지껄였겠지. 내가 아주 담담한 말투로 물었다. "직업이 뭔지 물어봐도 되겠습니까?"

"수위입니다. 수선 보내는 바람에 제복을 못 입었습니다만." 사내가 퉁명스레 대꾸했다.

"그럼 이전에는?" 나는 동거인을 짓궂게 힐끗 보면서 물었다.

"중사였습니다. 왕립 해병대 경보병대 소속이었지요. 보내실 답장은 없습니까? 그럼 이만."

사내는 양쪽 발을 모으고 경례를 하더니 가버렸다.

3

로리스턴 가든 사건

고백컨대 동거인의 추리법이 정확히 들어맞는 새로운 증거를 보고 적잖이 놀랐다. 그의 분석력에 감탄하는 마음이 무척 커졌다. 하지만 모든 게 나를 홀릴 속셈으로 꾸민 일이라는 의구심이 남아 있었다. 셜록 홈스가 대체 무슨 목적으로 날 속이려는지 이해되지 않기는 했지만. 내가 쳐다봤을 때 그는 편지를 다 읽은 참이었고, 맹하고 흐리멍덩한 눈빛으로 봐서 정신이 멍한 상태였다.

내가 물었다. "도대체 어떻게 그걸 추리했습니까?"

"추리하다니 뭘?" 그가 심통 맞게 대꾸했다.

"저, 아까 그 사람이 퇴역 해병대 중사라는 걸."

"그런 사소한 데 쓸 시간이 없어요." 셜록 홈스가 무뚝뚝하게 대답했다. 그러더니 미소를 지으면서 다시 말했다. "무례를 용서하십시오. 박사가 내 생각의 실타래를 끊어서 말이지요. 하지만 그럴 만도 하군요. 정말 그가 해병대 중사였던 걸 알아차리지 못했나요?"

"네, 그래요."

"뭘 아는 것보다 어떻게 그걸 알았는지 설명하기가 더 어렵군요. 2 더하기 2가 4라는 걸 증명하라는 요구를 받으면 진땀이 나겠지만, 그 사실은 확신하는 것처럼 말이죠. 그가 길 건너에 있을 때도 손등에 큰 파란 닻 문신이 보이더군요. 바다 냄새가 났지요. 한데 자세가 군인 같고, 규정에 맞게 구레나룻을 길렀더군요. 해병대가 그렇듯, 자부심 강하고 통솔하는 분위기를 풍겼습니다. 그가 고개를 들고 단장을 흔드는 모습을 봤을 겁니다. 흔들림 없고 단정한 중년 남자의 표정이었습니다. 그래서 나는 모든 점으로 미루어 그가 중사였다고 믿게 된 거지요."

"대단하네요!" 내가 외쳤다.

"이 정도 가지고 뭘." 홈스가 대꾸했다. 하지만 표정을 보니, 내가 대놓고 놀라고 감탄하자 흐뭇한 눈치였다. 그가 말을 이었다. "방금 이렇다 할 범죄 사건이 없다고 말했지요. 내가 틀린 것 같습니다. 이걸 봐요!" 그는 내게 수위가 가져온 편지를 내밀었다.

편지를 훑어보고 내가 말했다. "이런, 이거 야단났군!"

셜록이 차분하게 말했다. "평범하지는 않아 보이는군요. 나한테 편지를 직접 읽어주겠습니까?"

내가 그에게 읽어준 편지의 내용은 이렇다.

셜록 홈스 씨께,

밤사이 브릭스턴가 인근 로리스턴 가든 3번지에 불상사가 생겼습니다. 새벽 2시 경 우리 직원이 순찰 중 그 집에 불이 켜진 것을 보고, 원래 빈집인지라 미심쩍어 살펴보니 현관문이 열려 있었고 가구가 없는 응접실에 남자 시신이 있었습니다. 시신은 잘 차려입었고, "미국, 오하이오 주, 클리블랜드, 이녹 드레버"라고 적힌 명함이 주머니에 들어 있었습니다. 강도는 당하지 않았고, 피해자가 어떻게 죽음을 맞이했는가에 관련된 증거도 전혀 없습니다. 방에 혈흔들이 있지만 사체에는 외상이 전혀 없습니다. 그가 어떻게 빈집에 들어왔는지도 알 수 없습니다. 사실 모든 상황이 난감합니다. 12시 이전에 그 집에 오실 수 있다면 찾아와주십시오. 제가 거기 있을 겁니다. 홈스 씨의 연락을 받기 전까지는 모든 것을 고스란히 보존하겠습니다. 오실 수 없으면 더 상세한 내용을 알려드리겠습니다. 친절을 베풀어 의견을 내어주시면 감사하겠습니다.

토바이어스 그레그슨 드림

"그레그슨은 런던 경시청에서 가장 똑똑한 사람이지요. 시원찮은 작자들 가운데 그나마 그레그슨과 레스트레이드가 쓸 만합니다. 둘 다 민활하고 원기 왕성하지만 지독할 정도로 빤하지요. 서로 못 잡아먹어서 안달이기도 하고. 거리의 아가씨들처럼 아웅다웅합니다. 두 사람 모두 투입된다면 이 사건이 재미있어지겠는걸."

나는 그가 조곤조곤하게 말하는 걸 듣고는 감탄했다. 내가 큰 소리로 물었다. "어영부영할 시간이 없겠네요. 먼저 가서 택시 마차를 불러놓을까요?"

"나는 아직 갈지 말지 결정을 못 내렸습니다. 세상에 나처럼 못 말리는 게으름뱅이는 없을걸요. 게으름을 부리고 싶으면 그렇단 거지요. 때로 잽싸게 움직일 줄도 아니까."

"이 일이야말로 선생이 기다려온 절호의 기회 아닙니까."

"친구, 이게 나한테 뭐가 중요하겠어요. 내가 사건 전체를 해결한다 한들, 그레그슨과 레스트레이드 같은 사람들에게 모든 명예가 돌아갈 게 분명한데요. 배후 인물은 그런 꼴이나 당하지, 뭐."

"하지만 그가 도움을 청하고 있잖습니까."

"그래요. 그레그슨은 내가 자기보다 뛰어난 걸 알고 인

정해요. 하지만 누가 됐든 제삼자에게 그걸 자인하느니 혀를 잘라버리는 게 낫다고 생각하겠지요. 뭐, 우리가 가서 살펴보는 것도 좋겠습니다. 단독으로 수사에 착수해야겠어요. 설령 얻는 게 아무것도 없다 해도 그들을 비웃어줄 수 있으니까. 갑시다!"

셜록 홈스는 코트를 걸쳤다. 부산을 떠는 품새를 보아 조금 전의 심드렁한 태도는 간 데 없이 열의가 넘쳤다.

"모자를 써요." 그가 말했다.

"나도 같이 가자는 겁니까?"

"그래요, 이보다 더 흥미진진한 일이 있는 게 아니라면." 잠시 후 우리는 마차에 올라 브릭스턴가를 향해 달렸다.

안개가 자욱하고 구름이 짙은 아침이어서, 건물 꼭대기에 흙길처럼 누런 너울이 드리워진 것 같았다. 셜록은 원기왕성하게 이탈리아 크레모나산 바이올린과 스트라디바리우스와 아마티의 차이를 신나게 떠들었다. 나는 침묵을 지켰다. 우중충한 날씨와 우리가 맞닥뜨릴 음울한 일 때문에 마음이 스산했기 때문이다.

"눈앞에 닥친 일이 별로 신경 쓰이지 않나 보군요." 악기를 시시콜콜 설명하는 홈스의 말을 끊고 내가 말했다.

그가 대답했다. "아직 정보가 없으니까. 모든 증거를

확보하기 전에 추리하는 것은 중대한 실수거든요. 편견을 갖게 되니까요."

내가 손짓하면서 대꾸했다. "곧 정보를 얻을 수 있겠군요. 여기가 브릭스턴가니까 바로 저 집이겠지요. 내가 크게 잘못 본 게 아니라면."

"맞네요. 세워요, 마부. 정지!" 목적지까지 백 미터쯤 남았지만 셜록은 내리자고 했고, 우리는 남은 거리를 걸어서 갔다.

로리스턴 가든 3번지는 불길하고 위협적인 분위기를 풍겼다. 도로에서 약간 들어간 네 집 중 하나로, 두 집은 사람이 살고 두 집은 빈집이었다. 빈집은 음산한 맨 창이 3단으로 나 있고, 창문은 썰렁하고 칙칙했다. 뿌연 유리 여기저기에, 백내장처럼 흐릿해진 '임대' 안내문이 붙어 있었다. 집과 도로 사이에 있는 작은 정원에는 병든 나무들이 있었다. 정원을 가로지르는 좁은 통행로는 누랬고, 진흙과 자갈돌이 뒤섞여 깔려 있었다. 전날 밤 비가 내려서 사방이 몹시 질척거렸다. 정원에는 1미터 높이의 벽돌담이 있고, 그 위에 나무 난간이 둘러져 있었다. 담장에 건장한 순경이 기대서 있고, 주변에 할 일 없는 사람들이 모여 있었다. 구경꾼들은 집 안 상황이 보일까 해서 목을 쭉 빼고 쳐다봤지만 소용없었다.

A Study in Scarlet

나는 홈스가 서둘러 곧장 집으로 들어가 사건 조사에 착수할 거라고 짐작했다. 그런데 그런 기미가 통 보이지 않았다. 그는 태연한 태도였다. 상황이 상황이니만큼 내 눈에는 허세로 보였다. 셜록 홈스는 인도를 오르락내리락하면서 땅바닥과 하늘, 맞은편 집들과 늘어선 난간을 쳐다보았다. 관찰을 마치자 천천히 통행로를 내려갔다. 아니, 땅바닥의 패인 자국을 눈으로 쫓으면서 길 옆 풀밭을 지나갔다. 나는 셜록 홈스가 빙그레 웃는 것을 보았고, 만족스런 감탄사를 내뱉는 소리를 들었다. 축축한 흙바닥에 발자국이 많았지만, 경찰이 밟고 지나다녔으니 홈스가 거기서 뭔가 알아내기를 바랄 수는 없을 터였다. 그래도 그가 예리한 지각력의 소유자라는 확고한 증거가 있기에, 내가 모르는 것을 홈스가 많이 알아낼 수 있을 거라 여겼다.

현관문에서 우리는 흰 얼굴에 머리가 노란 키 큰 사내를 만났다. 손에 수첩을 든 그는 얼른 나와서 반갑게 홈스의 손을 잡았다. "친절하게도 와주셨군요. 아무것도 건드리지 않고 그대로 두었습니다." 사내가 말했다.

홈스가 통행로를 손짓하면서 대꾸했다. "저건 제외하고 말이지요! 코뿔소 떼가 지나갔대도 저렇게 엉망은 아닐 겁니다. 하지만 이 꼴로 내버려두기 전에 나름의 결론

을 내렸겠지요, 그레그슨."

형사가 얼버무리며 말했다. "저는 안에서 할 일이 워낙 많아서요. 동료인 레스트레이드가 여기 있습니다. 이 일의 처리는 그 친구에게 맡겨놨거든요."

홈스는 나를 힐끗 쳐다보고 비아냥대듯 눈썹을 치뜨고 말했다. "당신과 레스트레이드 같은 수사관이 조사한다면, 제삼자가 알아낼 게 별로 없을 텐데요."

그레그슨은 흐뭇해서 손을 부비면서 대답했다. "우리가 할 수 있는 일은 다했습니다. 하지만 묘한 사건인 데다 홈스 씨가 이런 사건을 좋아하는 걸 알기에 연락드렸습니다."

"여기 올 때 마차를 타지 않았나요?" 홈스가 물었다.

"그런데요."

"레스트레이드도 마찬가지고요?"

"그렇습니다."

"그러면 들어가서 현장을 살펴봅시다." 셜록 홈스는 종잡을 수 없는 말을 하면서 성큼성큼 들어갔다. 그레그슨이 놀란 표정으로 뒤따랐다.

지저분하고 휑한 나무판자로 만들어진 짧은 복도가 주방과 식품 창고로 이어졌다. 좌우로 문 두 개가 나 있었다. 문 하나는 수 주일간 닫혀 있었던 게 분명했다. 다른 하나는 식당으로 통하는 문이었는데, 바로 거기가 미스터리한 사건이 벌어진 현장이었다. 홈스가 식당으로 들어갔고, 나는 뒤따라가면서 눈앞의 죽음이 불러일으키는 침울한 감정에 젖었다.

널찍한 사각형 방은 가구가 없어서 더 커 보였다. 화려하지만 천박해 보이는 벽지로 도배되었고, 군데군데 곰팡이가 피고 여기저기 찢겨서 누르께한 벽면이 드러나 있었다. 문 맞은편에는 호화로운 벽난로가 있고 위에는 인조 대리석 선반이 달려 있었다. 선반의 한쪽 끝에 타다만 빨간 초가 있었다. 하나뿐인 창문이 너무 지저분해서, 빛이 우중충하고 흐릿하게 들어와 사방이 뿌연 잿빛으로 보였다. 방 전체에 켜켜이 쌓인 먼지도 한몫했다.

이런 세부적인 것들이 눈에 들어온 것은 나중이었다. 당장 내 관심은 바닥에 널브러져 꼼짝 않는 사람에게 쏠렸다. 초점 없는 눈이 뿌연 천장을 올려다보고 있었다. 마흔서너 살쯤의 사내. 중간 체격, 넓은 어깨, 부슬부슬한 검은 곱슬머리, 덥수룩한 짧은 수염, 묵직한 모직 프록코트 조끼, 옅은 색 바지 차림이었고 옷깃과 소맷부리가 깔끔했다. 솔로 빗어서 잘 손질한 중산모가 사내 옆에 놓여 있었다. 사내는 주먹을 꽉 쥔 채 팔을 양옆으로 뻗고 있었고, 참기 힘든 고통에 시달린 듯 다리를 꼬고 있었다. 굳은 얼굴에 공포에 사로잡힌 표정이 떠올라 있었다. 난 사람의 얼굴에서 그런 증오심은 처음 보았다. 좁은 이마, 뭉툭한 코, 주걱턱이 불길하고 소름 끼치게 뒤틀려 사람이 아닌 원숭이처럼 보였다. 몸부림친 부자연스러운 자세 때문에 더 그렇게 보였다. 지금껏 난 여러 형태의 죽음을 봤다. 하지만 런던 교외의 간선도로가 보이는 어둡고 음산한 방에서 본 이 광경이 가장 무시무시했다.

야윈 족제비를 연상케 하는 레스트레이드가 문간에 서서 홈스와 나를 맞이했다.

"이 사건, 반향이 꽤나 크겠어요. 이런 사건은 본 적이 없습니다. 나도 아주 풋내기는 아닌데."

"단서는 찾았습니까?" 그레그슨이 물었다.

"아뇨, 전혀." 레스트레이드가 대답했다.

셜록 홈스가 시신에 다가가 무릎을 꿇고 찬찬히 살폈다. "외상이 없는 게 확실합니까?" 그가 물으면서 사방에 튄 핏자국들을 가리켰다. 굳은 핏방울이 많았다.

"그렇습니다!" 두 형사가 대답했다.

"그렇다면 이 피의 주인은 당연히 제2의 인물…… 아마도 살인범이겠군요, 만약 살인이 일어났다면 말입니다. 정황을 살펴보니 1834년 네덜란드 위트레흐트에서 일어났던 판 얀선 살인 사건이 연상되는군요. 그 사건을 기억합니까, 그레그슨?"

"기억 안 나는데요."

"사건 기록을 읽어봐요. 꼭요. 완전히 새로운 건 없거든요. 다 과거에 있었던 일과 통하는 면이 많지요."

홈스는 그렇게 말하면서 여기저기 여러 군데를 만지고 누르더니, 단추를 풀고 살펴보기 시작했다. 그의 눈빛은 종잡을 수 없었다. 현장 조사가 워낙 순식간에 이루어져서, 사람들은 면밀한 조사 과정을 짐작도 못했을 터였다. 마침내 그는 시신의 입가를 킁킁대더니 가죽 구두의 굽을 힐끗 보았다.

"시신을 전혀 건드리지 않았습니까?" 그가 물었다.

"조사를 위해 필요한 정도 외에는."

"이제 안치소로 옮겨도 되겠소. 더 알아낼 게 없습니다." 셜록 홈스가 말했다.

그레그슨은 들것과 사람 네 명을 대기시켜두었다. 그의 호출에 사람들이 방으로 들어와서 피해자를 안치소로 옮겼다. 시신을 들어 올렸을 때 반지가 툭 떨어져 바닥 위에서 굴렀다. 레스트레이드 형사가 반지를 집어서 의아한 눈빛으로 살폈다.

그가 외쳤다. "여기 여자가 있었군요. 이건 여자 결혼반지인데요."

그가 말을 하면서, 손바닥을 내밀어 반지를 보여주었다. 다들 레스트레이드 주변에 모여서 반지를 들여다보았다. 아무 장식이 없는 평범한 그 금반지는 어느 신부가 손에 끼고 있었던 것이 틀림없었다.

그레그슨이 말했다. "이 반지가 문제를 복잡하게 하는군요. 아이고, 안 그래도 이미 골치 아프게 꼬였는데."

홈스가 대꾸했다. "반지 덕에 문제가 간단해지는 게 아니고요? 그렇게 반지를 쳐다봤자 더 알아낼 것도 없어요. 그건 그렇고, 피해자의 주머니에서 뭐가 나왔습니까?"

"여기 다 모아놨습니다." 그레그슨이 계단 밑에 있는 물건 더미를 가리키면서 설명을 이어갔다.

"런던의 버로드 제품으로 품번 97163 금 회중시계, 꽤 묵직한 앨버트 금 시곗줄, 프리메이슨 표식이 새겨진 금반지, 불도그 머리에 루비 눈이 박혀 있는 금핀, 러시아산 가죽 명함 케이스에 '클리블랜드의 이녹 드레버'라는 명함이 들어 있고, 옷에도 E. J. D.라고 새겨져 있습니다. 지갑은 없지만 7파운드 13실링에 달하는 돈이 들어 있고요. 보카치오의 《데카메론》 문고판이 있는데 속지에 조지프 스탠거슨이라는 이름이 쓰어 있습니다. 편지는 두 통이 있는데 한 통은 E. J. 드레버, 한 통은 조지프 스탠거슨이 수신인입니다."

"수신지는?"

"스트랜드의 아메리카 환전소에 수취할 때까지 보관하라고 되어 있네요. 둘 다 '기온 기선회사'에서 보냈는데, 그들이 승선할 배가 리버풀에서 출발한다는 내용입니다. 이 불운한 사내가 뉴욕으로 돌아가려고 한 게 분명합니다."

"이 스탠거슨이라는 사람에 대해 조사해봤나요?"

"당장 착수했지요. 모든 신문사에 광고를 의뢰했고요. 부하 한 명이 환전소로 갔는데 아직 돌아오지 않았습니다."

"클리블랜드에 연락했습니까?"

"오늘 아침에 전보를 쳤습니다."

"어떻게 문의했는데요?"

"정황을 간략히 설명하고, 수사에 도움이 될 만한 정보를 주면 고맙겠다고 했지요."

"중요하다 싶은 특정한 사항들을 묻지 않았습니까?"

"스탠거슨에 대해 질문했지요."

"그게 다였습니까? 이 사건 전체를 좌우할 정황이 있지 않나요? 다시 전보를 보낼 계획입니까?"

"할 말은 이미 다했습니다만." 그레그슨이 부아를 내며 대꾸했다.

홈스가 혼자 키득대면서 뭐라고 말하려고 했지만, 우리가 복도에서 대화하는 사이 응접실에 있던 레스트레이드가 다시 나타났다. 그는 만족스러운 듯 으스대면서 손을 비볐다.

레스트레이드 형사가 말했다. "그레그슨 형사, 내가 방금 아주 중요한 것을 발견했네. 내가 꼼꼼히 벽을 살피지 않았으면 못 보고 지나쳤을 증거지."

자그마한 사내가 눈을 빛내면서 말했다. 경쟁자를 한 방 먹인 기쁨을 감추려는 기색이 역력했다.

"이리 와서 보라구." 그가 서둘러 다시 응접실로 갔다. 음울한 시신을 치워서 그런지 실내 분위기가 한결 밝았다. 레스트레이드 형사가 말했다. "자, 거기 서세요!"

그는 성냥 한 개비를 구두에 대고 그어 벽을 비추었다.

"여기 보십시오!" 레스트레이드가 의기양양하게 말했다.

나는 앞에서 군데군데 벽지가 찢겨 있었다고 말했다. 응접실 한쪽 구석의 벽지 역시 넓게 벗겨져, 누렇고 네모난 거친 회벽이 드러나 있었다. 이 벽면에 진한 붉은색 글씨로 단어 하나가 적혀 있었다.

RACHE

레스트레이드가 쇼 사회자 같은 말투로 물었다. "어떻게 생각합니까? 이것을 지나쳤던 것은, 방에서 가장 어두운 부분이라 아무도 쳐다볼 생각을 못해서였습니다. 살인범이 자신의 피로 저걸 쓴 겁니다. 여기 피가 벽을 타고 내려온 흔적을 보세요! 아무튼 이걸로 자살 가능성은 없어졌네요. 왜 이쪽 구석을 골라 적었느냐? 제가 말해보겠습니다. 벽난로 선반에 있는 저 양초를 보십시오. 당시에는 초가 켜져 있었고, 그렇다면 이쪽 구석은 벽에서 가장 어두운 자리가 아니라 가장 밝은 자리였을 겁니다."

"지금 자네가 발견한 그 글자가 무슨 의미가 있지?"그레그슨이 깎아내리는 투로 물었다.

"의미? 그래, 글씨를 쓴 사람은 'Rachel(레이첼)'이라는 여자 이름을 적으려 했지만 다 쓰기 전에 방해를 받았다는 뜻이지. 내 말을 명심하라구. 이 사건이 종결되면 레이첼이라는 여자가 사건과 관계있다는 게 밝혀질 거야. 얼마든지 웃어도 좋습니다, 홈스 씨. 당신이 명석하고 똑똑한 건 사실이지만, 뭐니 뭐니 해도 이 바닥에서 잔뼈가 굵은 사람은 못 당하지요."

갑자기 웃음을 터뜨려서 레스트레이드의 화를 돋운 홈스가 대꾸했다. "이거 정말 미안하게 됐네요! 우리 중 처음으로 이걸 발견한 공로는 당연히 수사관님 몫입니다. 말하신 것처럼 어느 모로 보나 어젯밤 사건의 범인이 쓴 글씨입니다. 내가 아직 이 방을 조사할 시간이 없었으니, 승낙하면 지금 살펴보고 싶습니다만."

셜록 홈스는 주머니에서 줄자와 큼직한 원형 확대경을 꺼냈다. 그는 두 가지 도구를 들고 소란스럽게 돌아다니다가, 가끔 멈춰 서기도 하고 때로 무릎을 꿇었다. 한 번은 납작하게 엎드리기도 했다. 어찌나 몰두했는지, 우리가 옆에 있는 걸 잊은 듯 연신 혼잣말을 중얼댔다. 연달아 감탄, 신음, 휘파람, 기합과 희망적인 짧은 감탄사를 토했다. 셜록을 지켜보자니, 순수한 혈통의 잘 훈련된 여우 사냥개를 떠올리지 않을 수가 없었다. 낑낑대며 은신

처를 쑤시고 다니다가 결국은 놓쳤던 냄새를 찾아내는 사냥개 같았다. 20여분 동안 홈스는 계속 내 눈에 안 보이는 흔적들의 거리를 정확히 재고, 종종 알쏭달쏭한 태도로 벽을 줄자로 재면서 조사했다. 한 지점에서는 바닥에 쌓인 회색 먼지덩이를 유난히 조심스럽게 모아서 봉투에 담았다. 그러더니 마침내 벽에 적힌 단어를 확대경으로 살피면서 글자마다 꼼꼼히 관찰했다. 이 일을 마치자 그는 흡족한 표정으로 줄자와 확대경을 주머니에 넣었다.

셜록이 싱긋 웃으며 말했다.

"천재성은 고초를 감내하는 무한한 능력이라는 말이 있지요. 아주 형편없는 정의지만 탐정 일에는 적용되는 말입니다."

두 형사는 큰 호기심과 약간의 경멸을 안고 아마추어 탐정의 행동거지를 지켜봤을 뿐, 내가 알아채기 시작한 사실을 그들은 전혀 몰랐다. 셜록 홈스의 모든 행동에는, 아주 작은 동작조차 분명하고 실질적인 목적이 있다는 사실을.

"어떻게 생각하십니까?" 두 사람이 동시에 물었다.

"내가 도움을 준다면, 그건 두 분이 사건을 해결할 수 있는 기회를 빼앗는 게 될 겁니다. 두 분이 아주 잘하고 있으니 누군가 끼어드는 것은 애석한 일일 테고요."

셜록 홈스는 비아냥대는 투로 말했다. 그가 말을 이었다. "수사 진행 상황을 알려준다면 나도 기꺼이 돕겠습니다. 먼저 시신을 발견한 순경과 이야기를 나눠보고 싶군요. 순경의 이름과 주소를 알 수 있을까요?"

레스트레이드가 수첩을 힐끗 보면서 말했다. "존 랜스. 오늘 비번입니다. 케닝턴파크 게이트, 오들리 코트 46번지로 가면 만날 수 있을 겁니다."

홈스가 주소를 받아 적었다.

그가 말했다. "갑시다, 박사. 우리가 가서 순경을 만나보지요. 사건에 도움이 될 사항 한 가지만 말해드리지요." 그가 형사들에게 몸을 돌리면서 말을 이었다. "살인이 일어났고 살인범은 남자였습니다. 키는 180센티미터 이상, 젊고 건장하며, 신장에 비해 발이 작아요. 각진 코의 낡은 신발을 신었고, 트리치노폴리 시가를 피웁니다. 그는 피해자와 함께 사륜마차를 타고 여기로 왔고, 마차는 말 한 필이 끄는데, 말의 세 발에는 낡은 편자가, 성치 않은 앞발 하나에는 새 편자가 박혀 있습니다. 살인범의 얼굴은 붉은 편이며, 오른손 손톱은 유난히 길 가능성이 큽니다. 몇 가지 안 되는 단서지만, 두 분에게 도움이 될 겁니다."

레스트레이드와 그레그슨은 어리둥절해서 웃으면서 서로 흘끔댔다.

"이 사람이 살해되었다면 어떻게 당한 겁니까?" 레스트레이드 형사가 물었다.

"독극물로." 셜록 홈스가 무뚝뚝하게 대답하고 성큼성큼 걸어 나갔다. 그러다가 문간에서 몸을 돌리고 덧붙여 말했다. "레스트레이드 형사님. 'Rache'는 독일어로 '복수'라는 뜻입니다. 그러니 레이첼 양을 찾는 헛수고는 마십시오."

그는 한마디 툭 던지고 걸어 나갔다. 앙숙 사이인 두 형사는 입을 벌린 채 서 있었다.

4

존 랜스가 들려준 이야기

우리가 로리스턴 가든 3번지를 떠난 때는 오후 1시경이었다. 셜록 홈스는 나를 이끌고 가장 가까운 전신국으로 가서 긴 전보를 쳤다. 그런 다음 택시 마차를 불러서, 마부에게 레스트레이드가 알려준 주소로 가자고 했다.

그가 내게 말했다. "직접 얻은 증거처럼 좋은 게 없으니까요. 솔직히 내 머릿속에서는 사건이 완결되었지만 그래도 알아야 될 사항은 다 파악하는 게 좋지요."

내가 말했다. "놀랍군요, 홈스. 설마 아까 조목조목 말한 것들 모두 확신하는 건 아니겠지요? 그저 아는 척한 거 아닙니까?"

그가 대꾸했다. "틀림없습니다. 현장에 도착했을 때 인도

가까이 패인 마차 바큇자국 두 개가 보이더군요. 어젯밤 전에는 1주간 비가 오지 않았으니, 바큇자국이 그렇게 깊다면 어젯밤에 생겼다는 뜻이지요. 말발굽 자국도 있었는데, 하나의 윤곽선이 나머지 셋보다 훨씬 뚜렷한 것으로 보아 새 편자임을 알 수 있지요. 비가 내린 후 택시 마차가 왔는데 아침나절에는 오지 않았다고 하니 틀림없이 밤사이에 왔다는 뜻이고 따라서 그 두 사람이 이 집에 타고 온 거지요."

"그건 간단한 얘기 같지만, 살인범의 신장은 어떻게 알았습니까?" 내가 물었다.

"흠, 십중팔구 키는 보폭으로 추측이 가능합니다. 숫자놀음은 지루하지만 계산은 간단하지요. 난 외부의 진흙과 실내의 먼지에서 이 남자의 보폭을 짐작했습니다. 그런 후 확인해보았지요. 사람이 벽에 글씨를 쓸 때는 본능적으로 눈높이에 쓰거든요. 바닥에서 180센티미터 위쪽에 글씨가 적혀 있더군요. 그러니 신장을 예측하는 것은 식은 죽 먹기죠."

"그럼 나이는?" 내가 물었다.

"뭐, 1.3미터를 가뿐히 뛰어넘을 수 있다면 늙게 떠서 골골대는 사람일 리 없으니까. 정원 통행로에 웅덩이 너비가 그 정도였는데 그가 훌쩍 뛰어넘은 게 분명하거든요. 에나멜가죽 구두는 웅덩이를 빙 돌아갔고, 코가 각진 구두는 뛰어넘었더군요. 그 점은 명확합니다. 내 글에서 주장한 관찰과 추리 원칙 몇 가지를 일상에 적용한 것뿐입니다. 또 궁금한 점이 있습니까?"

"손톱이랑 트리치노폴리 시가는요?" 내가 말했다.

"벽의 글씨는 피가 난 검지로 쓴 거였습니다. 확대경으로 보니 글씨를 쓰면서 회벽을 살짝 긁은 자국이 있더군요. 짧게 깎은 손톱이라면 그런 흔적을 남기지 않았을 겁니다. 그래서 바닥에 흩어진 재를 조금 모아봤지요. 색이 짙고 포슬포슬했습니다. 그런 재는 트리치노폴리 시가를 피울 때만 나옵니다. 시가 재와 관련해서 특별히 연구를 한 적이 있거든요. 사실 그 주제로 논문도 한 편 썼고요. 시가든 궐련이든 기성 제품의 재를 한눈에 구분할 줄 아니 으쓱하기도 합니다. 이런 세세한 부분에서 노련한 탐정은 그레그슨이나 레스트레이드 부류와 확연한 차이를 보이거든요."

"그렇다면 얼굴이 붉은 편이라는 것은?" 내가 물었다.

"아, 그 부분은 좀 과감한 추측이었지요. 의심의 여지 없이 내 예상이 맞겠지만. 현 상황에서 나한테 그 질문을 하면 곤란합니다."

나는 이마를 손으로 훑으면서 말했다. "머리가 빙빙 도네요. 생각할수록 점점 묘해집니다. 만약 두 사람이라면,

어떻게 빈집에 들어갔을까? 그들을 태워다준 택시의 마부는 어떻게 되었을까? 한 사람이 상대방에게 어떻게 독극물을 먹일 수 있었을까? 피는 어쩌다 흘리게 되었을까? 절도가 아니라면 살인자의 목적은 무엇이었을까? 어떻게 여자의 반지가 거기 있었을까? 무엇보다 두 번째 사내는 왜 빠져나가기 전에 독일어로 'Rache'라는 말을 썼을까? 솔직히 말하면 이 모든 사실을 취합할 방도를 알 수가 없네요."

셜록 홈스가 알 만하다는 듯 씩 웃었다.

그가 말했다. "상황의 어려운 점들을 간단히 잘 요약하는군요. 주요 사실들과 관련해서 결론을 내리긴 했지만 여전히 애매한 점들이 많아요. 레스트레이드가 발견한 것은, 사회주의와 비밀단체를 암시해 경찰의 눈을 딴 데로 돌리려는 수작에 불과합니다. 글을 쓴 사람은 독일인이 아니었어요. 눈여겨봤는지 몰라도 A는 독일식으로 쓰여 있었지요. 그런데 진짜 독일인이라면 라틴어식으로 썼을 겁니다. 그러니 그 단어는 독일인이 아니라, 지나치게 과장해서 독일인인 체하려는 미련한 자의 짓이라 해도 무방할 겁니다. 수사를 엉뚱한 방향으로 돌리려는 계략에 불과했지요. 사건에 대해 더 상세히 말하지 않으렵니다. 마술사가 방법을 설명하면 신용이 떨어질 수밖에 없거든요. 내 수사 비법을 너무 많이 공개하면, 박사가 날 아주 평범한 사람이라고 결론지을 겁니다."

내가 대답했다. "절대 그렇지 않을 겁니다. 선생은 과학적인 사실에 근거한 수사를 하는 분이니까요."

셜록 홈스는 열띤 내 말과 태도에 흡족해서 얼굴을 붉혔다. 미모를 칭찬받는 아가씨처럼 홈스가 칭찬에 민감한 것을 알아챌 수 있었다.

셜록 홈스가 말했다. "하나 더 말해드리지요. 에나멜 구두와 코가 각진 구두는 함께 마차에 탔고, 둘은 아주 다정하게 통행로를 내려갔습니다. 팔짱을 끼고 걸었을 가능성이 농후하지요. 집 안으로 들어가자 둘은 방 안을 오락가락했고 아니, 에나멜 구두는 가만히 서 있는 반면 코가 각진 구두는 왔다 갔다 했지요. 먼지로 모든 걸 읽어낼 수 있었습니다. 또 그가 걸음을 옮기면서 점점 흥분한 것도 알 수 있었어요. 보폭이 점점 길어진 게 그 이유죠. 그는 계속 말을 했고 틀림없이 화를 냈을 겁니다. 그러다가 비극이 일어난 겁니다. 당장은 내가 아는 걸 모두 말했습니다. 나머지는 그저 추측과 추리일 뿐이거든요. 하지만 출발점이 아주 괜찮네요. 서둘러야겠습니다. 난 오늘 오후에 윌마 노르만 네루다의 연주를 들으러 할레 음악당에 갈 작정이거든요."

이 대화가 오가는 동안 마차는 지저분하고 스산한 뒷골목을 연달아 지났다. 그중에서도 가장 더럽고 음침한 길에서 갑자기 마차가 멈춰 섰다. "저 안쪽이 오들리 코트입니다요." 마부가 우중충한 벽돌담 사이로 난 통로를 가리키면서 말했다.

오들리 코트는 그리 살기 좋은 동네가 아니었다. 좁은 통로를 지나니, 네모꼴의 안뜰이 나왔다. 판석이 깔린 안뜰 주위에 허름한 집들이 늘어서 있었다. 너저분한 아이들 사이를 누비고 바랜 이불보가 걸린 빨랫줄을 지나 46번지에 이르렀다. 현관문에 랜스라고 새겨진 작은 황동 문패가 있었다. 알고 보니 랜스 순경은 자는 중이었고, 우리는 작은 거실로 안내받아 그가 나오기를 기다렸다.

곧 랜스가 나타났다. 잠을 방해받아서 좀 짜증스런 표정이었다. 그가 말했다. "이미 경찰서에 보고했는데요."

홈스는 주머니에서 10실링짜리 금화를 꺼내 만지작대면서 생각에 잠겼다. "순경에게 직접 듣고 싶은 마음이 생겨서 이렇게 찾아왔소." 그가 말했다.

"얼마든지요. 뭐든 말씀드리지요." 순경은 금화에서 눈을 떼지 않고 대꾸했다.

"어떻게 된 일인지 설명을 들어봅시다."

랜스는 말의 털로 만들어진 소파에 앉아서, 작은 부분이

라도 빼놓을까 전전긍긍하는 것처럼 양미간을 찌푸렸다.

그가 말했다. "가장 처음 있었던 일부터 말씀드리지요. 제 근무 시간은 밤 10시부터 새벽 6시까지입니다. 밤 11시경 화이트 하트가에서 싸움이 났지만, 그 소동을 빼면 순찰 구역이 아주 조용했습니다. 새벽 1시경 비가 내리기 시작했고 저는 홀랜드 그로브 구역 담당인 해리 머처와 만나 헨리에타가 모퉁이에 서서 얘기를 나눴습니다. 아마 2시쯤, 브릭스턴가를 돌아보고 별일 없는지 확인을 해야겠다는 생각이 들었지요. 동네가 지독히 지저분하고 을씨년스러웠습니다. 길을 내려가는 동안 택시 마차 한두 대가 지나간 것만 빼면 아무것도 마주치지 않았습니다. 느릿느릿 걸으면서, 우리끼리 얘기지만 진 한 잔 마시면 몸이 뜨끈해지겠다 했지요. 그런데 갑자기 그 집 창에서 불빛을 본 겁니다. 로리스턴 가든의 두 집이 빈집인 걸 알고 있었거든요. 한 집의 마지막 세입자가 장티푸스로 죽었는데도 집주인이 하수구 청소를 해주지 않아서 새 세입자가 들어오지 않았지요. 그런데 창으로 불빛이 보이자 저는 깜짝 놀랐고, 뭔가 이상하다는 의심이 생기더군요. 현관문으로 갔는데……."

셜록 홈스가 순경의 말을 끊었다. "걸음을 멈추고 그러다 정원 문으로 되돌아갔지요. 왜 그랬습니까?"

랜스는 흠칫 몸을 떨면서 놀란 표정으로 홈스를 바라보았다.

"네, 맞습니다. 어떻게 아셨는지 통 모르겠지만요. 문으로 다가갔는데, 어찌나 조용하고 썰렁하던지 누굴 데리고 오는 게 낫겠다 싶더라고요. 이 세상 것은 무서울 게 전혀 없지만, 장티푸스로 죽은 귀신이 자기가 죽은 이유를 알아보려고 하수도를 살피러 왔으면 어쩌나 싶었거든요. 그 생각을 하자 오싹했고, 그래서 정원 문으로 가서 머처의 등불을 찾아봤지만, 그 친구도 다른 사람도 보이지 않았습니다."

"길에 아무도 없었소?"

"사람은 고사하고 똥개 한 마리 얼씬대지 않았습니다. 그래서 마음을 단단히 먹고 다시 돌아가서 문을 밀어 열었습니다. 집 안이 죽은 듯 조용해서, 불빛이 있는 방으로 들어갔습니다. 벽난로 선반에 빨간 밀랍 초 하나가 아슬아슬하게 켜져 있었고, 그 불빛으로 보니……."

"그렇소, 경관이 뭘 봤는지 압니다. 당신은 몇 차례 방을 빙빙 돌았고 시신 옆에 무릎을 꿇고 앉았다가, 다시

걸어가서 주방문을 열어 봤고 그러다……."

존 랜스는 겁먹은 표정으로 벌떡 일어났다. 그는 의심스런 눈초리로 다그치듯 물었다. "어디 숨어서 그걸 다 본 게 아닙니까? 거기 있지 않고서야 이렇게 잘 알 리 없는데."

홈스는 웃음을 터뜨리면서 명함을 탁자 위로 존 랜스에게 밀었다. 홈스가 말했다. "나를 살인범으로 체포하진 마시오. 난 사냥개 중 하나지 늑대가 아니니까. 그 점은 그레그슨이나 레스트레이드 형사가 대답해줄 거요. 하지만 계속 말해봐요. 그다음에 어떻게 했습니까?"

랜스는 자리에 앉았지만, 계속 의심스런 표정을 지었다. "정원 문으로 돌아가서 호루라기를 불었지요. 그러자 머처와 다른 두 사람이 달려왔습니다."

"그때 거리에 인적이 없었소?"

"음, 멀쩡하다고 할 만한 사람은 없었지요."

"그게 무슨 뜻입니까?"

랜스 순경이 씩 웃으면서 말했다. "살면서 취객을 많이 봤지만 그렇게 소란스러운 고주망태는 난생 처음이었습니다. 문간의 난간에 기대서서 〈콜럼바인의 새 현수막〉인가 뭔가 하는 노래를 부르고 있더군요. 도움을 주는 건 고사하고 제대로 서 있지도 못했습니다."

"그의 얼굴이나 옷차림을 제대로 봤습니까?" 홈스가
다급히 물었다.

"얼핏 보긴 봤지요. 그를 떠받치고 부축했거든요. 나랑
머처가 양옆에서요. 키가 컸고 얼굴이 붉었는데 하관이
가려져서……."

"그만하면 됐어요. 그는 어떻게 됐습니까?" 홈스가 물
었다.

순경은 감정이 상한 말투로 대꾸했다. "그자가 아니어
도 우리는 할 일이 차고 넘칩니다. 장담컨대 그 사람은

집에 잘 찾아갔을 겁니다."

"어떤 옷차림새였소?"

"갈색 외투를 입었소."

"손에 채찍을 들었던가요?"

"채찍요? 아니요."

"분명히 놔두고 나왔을 거야." 셜록 홈스가 중얼댔다.

"혹시 그 뒤로 택시 마차를 보거나 소리를 못 들었소?"

"네."

"여기 금화를 받으시오." 셜록 홈스가 말했다. 그리고 일어나서 모자를 쓰면서 덧붙였다. "당신은 경찰국에서 출세하기는 틀린 것 같군요, 랜스. 머리를 장식으로 달고 다니지 말고 잘 사용해야 되는데. 어젯밤 당신은 어쩌면 경사로 진급할 수도 있었소. 당신이 부축한 취객이 바로 이 사건의 단서를 쥐고 있는 자거든. 이제 와서 그 일에 대해 가타부타해봤자 무슨 소용이 있겠소. 이 정도만 말하리다. 갑시다, 박사."

우리는 마차로 향했고, 정보를 준 랜스는 어리둥절하면서도 불편한 표정으로 그 자리에 남았다.

집으로 돌아가는 길에 홈스가 씁쓸하게 말했다. "저런 바보 멍청이가 있나. 그런 천재일우의 기회를 얻고도 놓치다니."

"난 여전히 잘 모르겠군요. 이 사내의 행색이 이번 사건에 제2의 인물이 있다는 선생의 주장에 부합하는 건 맞습니다. 하지만 그가 현장을 떠난 후 왜 다시 돌아와야 했을까요? 범인들은 보통 그러지 않는데."

"반지 때문이지요, 반지. 그것 때문에 되돌아온 겁니다. 그를 잡을 다른 수가 생기지 않으면, 언제든 반지를 미끼로 쓰면 됩니다. 내가 그를 잡고 말 거요. 그를 잡는다는 데 2대 1로 내기를 걸죠. 이 모든 것에 대해 당신에게 감사해야겠군요. 박사가 없었다면 난 거기 가지 않았을 테고, 이제껏 다룬 가장 흥미로운 연구를 놓쳤을 겁니다. '주홍색 연구'라고 할까? 미술 용어를 좀 써도 괜찮겠지요? 인생이라는 무색 실타래에 살인이라는 주홍색 실이 엉켜 있고, 그걸 풀어서 따로 떼어 낱낱이 밝혀내는 게 우리의 의무지요. 이제 점심을 먹은 다음 월마 노르만 네루다의 연주를 들으러 가야겠습니다. 그녀의 첫 목소리와 운궁법은 기가 막히거든요. 그녀가 근사하게 연주하는 쇼팽의 소품곡이 뭐더라? 트라-라-라-리라-리라-레이."

마차에 기대앉은 아마추어 탐정이 종다리처럼 노래하는 사이, 난 인간의 다면성에 대해 생각했다.

5

광고를 보고 온 손님

아침나절의 일이 허약한 체력에 제법 부담이 되었는지, 오후에는 기운이 빠져버렸다. 홈스가 음악회에 가자, 나는 소파에 누워서 두어 시간 눈을 붙이려고 애썼다. 하지만 헛수고였다. 벌어진 일들로 몹시 흥분한 데다 괴상망측한 공상과 추측이 머릿속을 꽉 채웠다. 눈을 감을 때마다 일그러진 원숭이 같은 얼굴이 떠올랐다. 그 얼굴이 너무도 불길한 인상을 풍겨서 그 얼굴의 주인을 없애준 사람이 고마울 정도였다. 최악의 악랄함을 보여주는 얼굴이 있다면 바로 클리블랜드의 이녹 J. 드레버의 얼굴이리라. 그래도 정의는 구현되어야 하며, 피해자가 악인일지라도 법의 눈으로 보면 범인의 죄가 줄지 않을 터였다.

생각할수록 독살이라는 셜록의 가설이 예사롭지 않았다. 그가 시신의 입가를 킁킁대던 기억이 났다. 분명히 그는 독살이라고 추정할 만한 뭔가를 알아냈다. 하긴 독살이 아니라면 사인이 뭘까? 외상도 없고 교살 흔적도 없으니. 하지만 바닥에 흥건한 피는 누구의 피란 말인가? 반항한 흔적도 없었고, 피해자가 범인에게 상처를 입힐 무기도 없었다. 이런 질문들이 풀리지 않는 한 잠을 자기는 그른 것 같았다. 셜록 홈스나 나나 마찬가지겠지. 그의 침착하고 확고한 태도로 보아, 모든 사실이 설명되는 논리가 이미 세워졌다는 믿음이 생겼다. 그게 어떤 논리인지 나로서는 감도 못 잡았지만.

셜록은 아주 늦게야 돌아왔다. 야심한 시간이었기에 음악회 후에 곧장 귀가한 것이 아님은 분명했다. 셜록이 나타나기 한참 전부터 저녁 식사가 차려져 있었다.

자리에 앉으면서 그가 말했다. "굉장하더군요. 다윈이 음악에 대해 뭐라고 말했는지 기억납니까? 언어능력이 생기기 훨씬 전에 인류가 음악을 만들고 감상하는 능력이 있었다고 주장했지요. 어쩌면 우리가 음악에 묘하게 영향을 받는 것도 그 때문일 겁니다. 세상이 생긴 초창기의 어렴풋한 몇 세기에 대한 기억이 우리의 영혼 속에 남아 있는 거지요."

"매우 거창한 생각이군요." 내가 말했다.

셜록이 대꾸했다. "자연을 해석하려는 사람은 자연만큼 커다란 아이디어를 가져야 되거든요. 그런데 무슨 일입니까? 평소와 달라 보이는데요. 브릭스턴가 사건 때문에 너무 신경을 썼군요."

내가 대답했다. "솔직히 말하면 아프가니스탄에서 산전수전 다 겪어봤으니 무덤덤해야 될 텐데 그렇지가 않네요. 마이완드에서 전우들이 절단 나는 걸 보면서도 주눅 들지 않았는데요."

"이해합니다. 이 사건에는 상상력을 불러일으키는 미스터리가 있거든요. 상상이 없으면 공포도 없는 법이지요. 혹시 석간을 봤습니까?"

"아니요."

"사건이 상당히 잘 정리되어 있습니다. 하지만 시신을 들었을 때 여자 반지가 바닥에 떨어진 사실은 언급하지 않았더군요. 그 대목이 빠진 건 아주 다행이지요."

"어째서요?"

셜록 홈스가 대답했다.

"이 광고를 보십시오. 오늘 아침, 사건을 접한 직후 내가 모든 신문사에 보낸 광고문입니다." 그가 신문을 내밀었고, 난 셜록이 가리킨 곳을 힐끗 쳐다보았다. '습득물'

게시면의 맨 앞쪽이었다.

오늘 아침 브릭스턴가, 화이트 하트 선술집과 홀랜드 그로브 사이 길에서 금으로 된 결혼반지 습득. 오늘 저녁 8시에서 9시 사이 베이커 가 221B호 왓슨 박사 접촉 요망.

셜록 홈스가 말했다. "박사 이름을 쓴 것을 양해하십시오. 내 이름을 쓰면 이 얼간이들이 알아차리고 사건에 간섭하려들 게 빤한지라."

내가 대답했다. "그건 괜찮아요. 그런데 누가 찾아와도 나한테 반지가 없는데요."

"아니, 있습니다." 그가 나한테 반지를 내밀면서 말을 이었다. "이거면 제대로 먹힐 겁니다. 거의 똑같거든요."

"그러면 누가 이 광고문에 응답할 거라고 예상합니까?"

"음, 갈색 외투의 사나이, 코가 각진 구두의 얼굴이 붉은 편인 우리 친구. 그가 직접 납시지 않더라도 공범을 보내겠지요."

"너무 위험한 일이라고 생각하지 않을까요?"

"전혀. 내가 사건을 제대로 봤다면…… 그럴 거라고 믿을 만한 충분한 이유가 있습니다만…… 이 남자는 반지를 잃느니 어떤 위험이라도 감수할 겁니다. 내가 보기에 그는 드레버의 시신을 내려다보다가 반지를 떨어뜨렸는데, 당시에는 그런 줄 몰랐겠지요. 현장을 떠난 후에야 반지가 없어진 걸 알고 부랴부랴 돌아갔는데, 멍청하게 초를 켜놓고 나온 바람에 경관이 집에 온 걸 알게 된 겁니다. 문간에 서 있다 의심을 피하려고 만취한 흉내를 내야 했지요. 이제 그 사람의 입장이 되어보십시오. 그 일을 두고 궁리에 궁리를 거듭하다가 범행 현장에서 나와 길에서 반지를 떨어뜨렸을 수도 있다고 생각했을 겁니다. 그러면 그가 어떻게 할까요? 습득물 광고란에서 반지를 찾을 수 있을까 해서 석간들을 열심히 뒤지겠죠. 당연히 이 광고문을 보면 눈이 번쩍할 테고 좋아서 날뛰겠지요. 함정일까 두려워할 이유가 있을까요? 그의 입장에서는 반지를 찾는 것과 살인 사건을 연결할 이유가 없을 텐데요. 그는 찾으러 올 겁니다. 올 거예요. 한 시간 내에 그자를 만나게 될걸요?"

"그러고 나서?" 내가 물었다.

"아, 그러고 나서 그를 상대하는 건 내게 맡기세요. 뭐든 무기가 될 만한 게 있습니까?"

"예전에 군에서 쓰던 권총이랑 탄약통 몇 개가 있습니다."

"총을 닦고 장전해놓는 게 좋겠군요. 그자는 필사적일

테니까. 내가 불시에 그를 제압하겠지만, 혹시 모를 상황에 대비해두면 좋겠지요."

나는 침실로 가서 셜록의 충고대로 했다. 권총을 들고 나오니 식탁은 치워져 있었고, 홈스는 심취해서 바이올린을 그어대고 있었다. 내가 들어가자 그가 말했다.

"얘기가 점점 재미있어집니다. 방금 미국에 보낸 전보 회신을 받았거든요. 내 예측이 맞았습니다."

"그 예측이란 게 뭡니까?" 내가 적극적으로 물었다.

셜록이 대꾸했다. "새 줄을 끼우면 바이올린 소리가 한결 나을 텐데. 총은 주머니에 넣어두십시오. 그자가 들어오면 평범하게 대화를 해요. 나머지는 나한테 맡기고. 그자를 너무 빤히 쳐다봐서 겁먹게 하면 안 됩니다."

"지금이 8시군요." 내가 손목시계를 힐끗 보면서 말했다.

"그래요. 몇 분 후면 여기 들어설 겁니다. 문을 살짝 열어놓도록 해요. 그 정도면 충분하겠네요. 이제 열쇠를 안쪽에 꽂으십시오. 고마워요! 어제 노점에서 《국민 간의 법률》을 샀는데, 1642년 롤런드 지방의 리에주에서 라틴어로 출간된 겁니다. 이 갈색 표지의 책이 찍힐 당시만 해도 아직 찰스 1세의 목이 어깨에 붙어 있었지요."

"누가 출판했습니까?"

"어떤 사람인지 몰라도 필리프 드 크로이라고 쓰여 있

고, 속지에 라틴어로 '윌리엄 화이트 장서'라는 빛바랜 잉크 글씨가 있습니다. 그가 누군지 모르겠지만, 아마도 독단적인 17세기 법률가일 것 같습니다. 필체에서 법률가 냄새가 나거든요. 이제 우리 주인공이 납시는군요."

현관에서 날카로운 종소리가 울렸다. 셜록 홈스가 조용히 일어나서 의자를 문 쪽으로 돌렸다. 하녀가 복도를 내려가는 기척이 들리더니, 걸쇠가 딸깍 하면서 문이 열리는 소리가 났다.

"왓슨 박사님 계신가요?" 까랑까랑한, 귀에 거슬리는 목소리가 들렸다. 하녀의 대답 소리는 들리지 않았지만 문이 닫히고 누군가 계단을 오르기 시작했다. 불안정하고 질질 끄는 발소리. 소리에 귀 기울이던 셜록이 놀란 표정을 지었다. 느릿느릿 복도를 지나는 소리가 들렸고 힘없는 노크 소리가 이어졌다.

"들어오세요." 내가 대답했다.

내 외침을 듣고 들어선 사람은 우리가 기대하던 범인이 아니었다. 얼굴이 쭈글쭈글한 할머니가 절룩대며 방으로 들어왔다. 노파는 갑자기 환한 불빛을 보자 눈이 부신 듯했다. 허리를 살짝 굽혀 인사하더니 멍한 눈을 깜빡이며 서 있었다. 그녀가 초조하게 떨리는 손으로 주머니를 뒤졌다. 셜록을 힐끗 보니 그가 너무나 수심 깊은 표정을 짓고

있어서 나로서는 계속 태연하게 굴 수밖에 없었다.

　노파는 석간을 꺼내 광고란을 가리켰다. "이것 때문에 여기 찾아왔습죠, 신사 양반들." 그녀가 다시 가볍게 인사를 하면서 말을 이었다. 브릭스턴가에 흘린 결혼반지 때문에. 딸내미 샐리의 금반지인데, 혼인한 지 고작 열두 달 됐습니다요. 사위는 영국 여객선을 타는 승무원인데, 집에 돌아와 마누라가 반지를 잃어버린 걸 알면 뭐라고 할지 생각만 해도 아찔하네요. 아무 일 없을 때도 성미가 급하고, 술이 들어가면 더 불같이 변하지요. 궁금하실지 모르지만, 딸년이 어젯밤 서커스 구경을 갔다가……."

"이게 그 반지입니까?" 내가 물었다.

"아이고, 고마우신 하느님! 오늘 밤 샐리가 좋아죽겠구
만요. 그 반지가 맞습니다요."

"주소가 어떻게 됩니까?" 내가 연필을 집으면서 물었다.

"하운즈디치 던컨가 13번지. 여기서 멉니다요."

"하운즈디치에서 브릭스턴가를 거쳐서 공연하는 서커
스는 없을 텐데요." 셜록 홈스가 매몰차게 말했다.

노파는 고개를 돌려 충혈된 눈으로 그를 쏘아보았다.

A Study in Scarlet

"신사 양반은 내 주소를 물었잖아요. 샐리의 거처는 페크햄 메이필드 플레이스 3번지예요."

"그럼 부인의 성함이……?"

"내 성은 소이어……. 딸년은 샐리 데니스. 사위는 톰 데니스…… 바다에 있을 때면 똑똑하고 얌전한 사람이고, 아주 괜찮은 승무원이죠. 그런데 뭍에 올라오면 술과 계집에 정신 빠져 있으니……."

셜록 홈스의 신호를 받고 내가 말을 끊었다. "여기 반지 받으시지요, 소이어 부인. 따님의 물건이 맞군요. 원래 주인에게 돌려드릴 수 있어서 다행입니다."

노파는 축복과 감사의 말을 주절대면서 주머니에 반지를 넣고, 발을 끌면서 계단을 내려갔다. 그녀가 나가기 무섭게 셜록 홈스는 벌떡 일어나 부리나케 침실로 갔다. 잠시 후 그는 허리띠가 달린 긴 코트와 스카프 차림으로 돌아와서 다급히 말했다.

"따라가볼 겁니다. 저 노파가 공범이 분명하니, 미행하면 범인에게 가겠지요. 자지 말고 기다려요." 손님이 현관문을 닫고 나가자마자 홈스가 계단을 내려갔다. 창문을 내다보니 그녀는 힘없이 건너편 길을 걸었고, 홈스는 거리를 두고 미행했다. 난 속으로 중얼댔다. '그의 추리가 몽땅 틀리든지 아니면 그가 사건 해결의 열쇠를 쥐고 있

겠는걸.' 홈스가 자지 말고 기다리라고 말할 필요도 없었다. 그의 모험담을 듣기 전에는 잠을 못 이룰 것 같았다.

그가 집에서 나간 시간은 9시가 다 되어서였다. 시간이 얼마나 걸릴지 알 수 없었지만, 멍하니 앉아 파이프 담배를 피우면서 앙리 뮈르제의 《보헤미안의 생활》을 뒤적였다. 10시가 지났고 하녀가 자러 가는 기척이 들렸다. 11시가 되자 여주인이 당당한 걸음으로 내 방 앞을 지나 안방으로 갔다. 12시가 다 되어 현관문에서 열쇠 돌아가는 소리가 들렸다. 홈스가 들어서는 순간, 나는 그의 표정에서 그가 실패했음을 알아차렸다. 우습다는 생각과 울화통이 반복적으로 겹쳐지다가, 갑자기 자신이 우습다는 생각이 더 크게 들었는지 홈스는 와락 웃음을 터뜨렸다.

"무슨 일이 있더라도 경시청 사람들은 이 일을 모르게 해야지, 원." 그가 의자에 주저앉으면서 큰 소리로 말했다. 셜록이 말을 이었다. "그들은 나한테 워낙 놀림을 받은 터라 이 사건의 결과를 알려주지 않았을 겁니다. 내가 웃을 수 있는 건 결국에는 그들과 대등해지리란 걸 알기 때문이지요."

"무슨 말입니까?" 내가 물었다.

"뭐, 내가 창피를 당한 이야기는 얼마든지 할 수 있습니다. 그 노파는 조금 걷더니 절룩대면서 발이 아픈 기미를 보이기 시작하더군요. 그러다 곧 멈추고 지나가는 사륜마차를 불렀습니다. 난 어떤 주소를 말하는지 들으려고 바싹 따라붙었지요. 안달할 필요도 없었는데 공연한 짓을 한 겁니다. 노파가 길 건너에서도 들릴 만큼 크게 말했거든요. '하운즈디치 덩컨가 13번지로 갑시다'라고 외치더군요. '노파 말이 사실인가보네'라는 생각이 들기 시작했어요. 노파가 마차에 올라탄 걸 보고 나도 뒤따랐습니다. 탐정이라면 능숙하게 해내는 기술이지요. 마차는 털털대며 달렸고, 문제의 도로에 접어들 때까지 속도를 늦추지 않았습니다. 난 그 집에 다다르기 전에 마차에서 내려 느긋하게 슬렁슬렁 걸어갔지요. 그 택시 마차가 멈추더군요. 마부가 뛰어내렸고, 난 그가 마차 문을 열고 승객이 내리기를 기다리고 서 있는 걸 봤습니다. 그런데 아무도 내리지 않더군요. 내가 다가갔을 때, 마부는 텅 빈 뒷자리를 더듬대면서, 세상의 욕이란 욕은 다 내뱉었습니다. 그가 태운 승객은 자취도 없이 사라졌더군요. 마차 삯을 받으려면 시간이 꽤 걸릴 겁니다. 13번지에 찾아가보니 케직이라는 점잖은 도배장이의 집이었고, 소이어나 데니스라는 이름은 들어본 적이 없다더군요."

"설마 그 비틀대던 허약한 노인네가, 당신이나 마부도 모르게 달리는 마차에서 뛰어내렸다는 말은 아니겠죠?" 내가 놀라서 외쳤다.

"노인네는 무슨!" 셜록 홈스가 매몰차게 내뱉었다. 그

가 말을 이었다. "그렇게 속아 넘어간 우리가 노인네들이었지요. 그자는 틀림없이 청년이었습니다. 그것도 혀를 내두를 연기를 하는 몸놀림이 날랜 청년. 복장은 더할 나위 없었지요. 분명히 미행당하는 줄 알고 내가 실수하도록 수작을 부린 겁니다. 우리가 쫓는 범인은 내 예상처럼 혼자가 아니라, 그를 위해 기꺼이 위험을 감수할 친구들이 있습니다. 자, 박사, 몹시 고단해 보입니다. 내 조언대로 잠자리에 들도록 하십시오."

나는 갑자기 기운이 빠져서 셜록의 말에 따랐다. 연기 나는 난로 앞에 앉은 홈스를 두고 방으로 갔다. 밤이 깊도록 구슬픈 바이올린 선율이 들렸다. 미스터리한 사건을 두고 그가 무척 고심하고 있음을 알 수 있었다.

6

토바이어스 그레그슨의 추리

다음 날 신문은 세칭 '브릭스턴 미스터리' 사건으로 도배되었다. 신문마다 사건을 장황하게 설명했고, 일부 신문에는 사건과 관련해서 논설까지 실렸다. 내가 모르는 정보들도 있었다. 나는 그 사건과 관련된 기사들과 발췌문들을 스크랩하여 간직해두었다. 몇 가지 기사를 요약하면 이렇다.

〈데일리 텔레그래프〉는 범죄 역사상 이처럼 기이한 비극은 없었다고 했다. 피해자의 독일식 이름, 다른 동기의 결여, 벽에 적힌 단어는 하나같이 범인으로 정치 망명자와 혁명가를 지목했다. 사회당은 미국에 여러 지부가 있으며, 피해자는 그들의 불문율을 위반하여 추적을 당한 것이 틀림없었다. 기사는 중세 독일의 비밀형사법정, 아쿠아 토파나 독극물, 카르보나리당, 브랭빌리에 후작 부인, 다윈의 이론, 맬서스 이론, 랫클리프 하이웨이 살인 사건을 언급했다. 그런 다음 정부에 훈시를 하고, 잉글랜드에서 외국인들을 더 강력히 감시해야 한다고 주장하면서 기사를 마무리했다.

〈스탠더드〉는 이런 무법하고 잔학한 행위들은 흔히 자유당 행정부 아래에서 발생한다고 지적했다. 대중의 불안한 정신 상태와 그 결과인 모든 권위의 약화에서 비롯되는 현상이라는 것이다. 피해자는 미국인 신사로 런던에서 몇 주간 체류하던 중이었다. 그는 캠버웰의 토키 테라스에 있는 마담 샤펜티어의 민박집에서 머물렀다. 그의 여행에는 개인 비서인 조지프 스탠거슨이 동행했다. 두 사람은 이달 4일, 민박집 주인과 작별 인사를 하고 알려진 대로 리버풀행 특급을 타기 위해 유스턴 역으로 향했다. 나중에 플랫폼에 함께 있는 두 사람이 목격되었다. 그들에 대해 더 이상 알려진 바가 없다가, 보도대로 유스턴에서 수 킬로미터 떨어진 브릭스턴가의 빈집에서 드레버의 시신이 발견되었다. 피해자가 어떻게 거기 왔는지, 혹은 어떻게 그런 운명을 맞이했는지가 이 사건과 관련해서 아직 풀리지 않은 의문점이다. 스탠거슨의 소재는 전혀 알려진 바 없다. 경시청의 레스트레이드와 그레그슨 형사가 사건을 담당했다니 다행스럽다. 이 유명한 수사관들이 신속히 사건을 해결하리라고 확신한다.

〈데일리 뉴스〉는 이것은 분명히 정치적인 사건이라고 말했다. 유럽 정부들이 표방하는 자유주의의 폭정과 증오가, 수많은 사람들을 우리나라로 밀어내는 결과를 가져왔다. 이들은 그런 일들을 겪지 않았다면 훌륭한 시민이 되었을 것이다. 그들 사이에 엄격한 불문율이 있었으며, 그 법을 위반하면 죽음이라는 벌을 당했다. 비서인 스탠거슨을 찾아서 피해자의 특이한 습성들을 확인할 수 있도록 백방으로 노력해야 한다. 그가 체류했던 집의 위치를 파악한 덕분에 큰 진전이 있었다. 전적으로 경시청 소속 그레그슨 형사의 예리함과 열성에 힘입은 결과다.

셜록 홈스와 나는 아침 식사를 하면서 이런 기사들을 읽었다. 그는 무척 재미있다는 듯 말했다.

"내가 말했잖습니까. 어떻게 되든 레스트레이드와 그레그슨의 공으로 돌아갈 거라고."

"그건 일의 결과에 따라 다르겠지요."

"아이고, 이 양반아. 그건 전혀 상관없어요. 범인이 잡히면 그들의 수고 덕분이고, 범인이 빠져나가면 그들이 수고했는데도 그리된 겁니다. 잘되면 내 탓, 못되면 네

탓인 거지요. 두 사람이 어떻게 하든 지지자들이 있을 겁니다. 유유상종, 끼리끼리라는 말도 있잖습니까."

"이게 무슨 소리지요?" 그 순간 현관홀과 계단에서 다다닥 발소리가 들려서, 내가 외쳤다. 집주인의 못마땅한 푸념이 터져 나왔다.

"여긴 수사국 베이커 가 지부니까요." 내 동거인이 진지하게 읊조렸고, 그가 말하는 사이 대여섯 아이가 방으로 몰려들어왔다. 이렇게 더러운 누더기를 걸친 부랑아들은 처음 보았다.

"주목!" 홈스가 날카롭게 외치자, 지저분한 부랑아 여섯이 일렬로 늘어섰다. 조악한 작은 조각상들 같았다. 홈스가 말을 이었다. "앞으로 보고하려면 위긴스만 올라오고, 나머지는 밖에서 기다리도록. 찾았나, 위긴스?"

"아니요. 못 찾았는데요." 아이들 중 한 명이 대답했다.

"너희가 금방 찾을 거라고 기대하지는 않았지. 찾을 때까지 계속 알아봐야 한다. 여기 수고비." 홈스가 아이들에게 각각 1실링씩을 나눠 주었다. 그가 다시 말했다. "이제 가도 좋다. 다음에는 더 좋은 결과를 갖고 오도록."

그가 손을 흔들자 아이들은 쥐 여섯 마리처럼 다다닥 계단을 내려갔고, 곧 거리에서 그들의 흥분한 목소리가 들렸다. 홈스가 말했다.

"경찰 열두 명보다 부랑아 한 명이 더 많은 걸 얻어낼 수 있거든요. 사람들은 공무원처럼 생긴 사람만 봐도 입을 다물어버리니까. 하지만 이 녀석들은 사방을 들쑤시고 다니면서 온갖 얘기를 듣습니다. 또 바늘처럼 예리한 면도 있고요. 아이들을 잘 이끌어주기만 하면 되지요."

"브릭스턴 사건에 저 아이들을 고용한 겁니까?" 내가 물었다.

"그렇습니다, 확인하고 싶은 게 있거든요. 범인이 밝혀지는 건 시간문제입니다. 그레그슨이 만면에 흐뭇한 표정을 짓고 길을 내려오고 있군요. 우리에게 오는 겁니다. 그렇지, 걸음을 멈췄어요. 도착했네요!"

우렁찬 종소리가 났고, 곧 금발의 수사관이 계단을 올라왔다. 그는 한 번에 계단을 세 칸씩 성큼성큼 올라와서 거실로 휙 들어섰다.

그는 홈스의 손을 덥석 잡으면서 외쳤다. "우리 동료 탐정님, 축하해주십시오! 제가 모든 문제를 말끔하게 풀었습니다."

홈스의 얼굴에 초조한 기색이 떠올랐다.

"제대로 짚었다는 뜻입니까?" 그가 물었다.

"제대로 짚었죠! 우리가 그자를 안전하게 가둬놓았습니다."

"그러면 그의 이름은?"

"아서 샤펜티어, 영국 해군 중위." 그레그슨은 살찐 손을 부비면서 가슴을 내밀고 의기양양하게 외쳤다.

셜록 홈스는 안도하는 표정을 짓더니 배시시 웃었다.

그가 말했다. "앉아서 이 시가 좀 피우십시오. 어떻게 된 일인지 무척 듣고 싶습니다. 위스키도 한 잔 드시겠습니까?"

형사가 대답했다. "그것도 괜찮겠군요. 엊그제부터 몹시 애를 쓰느라 지칠 대로 지쳤거든요. 육체적으로 힘든 게 아니라 정신적인 중압감이 심해서 말입니다. 우리 같은 사람들은 두뇌 노동을 하니 잘 아시겠지요, 셜록 홈스 씨."

홈스가 진지하게 대답했다. "나를 그렇게 봐주니 대단히 영광입니다. 어떻게 당신이 그런 결론을 냈는지 어디 들어봅시다." 형사는 안락의자에 앉아서 느긋하게 시가를 피웠다. 그러다가 갑자기 재미있어 죽겠다는 듯 허벅지를 탁 때렸다.

그레그슨이 큰 소리로 말했다. "참 재미난 것은, 아둔한 레스트레이드는 스스로 퍽이나 똑똑한 줄 알지만 완전히 헛다리를 짚었다는 겁니다. 그는 비서인 스탠거슨을 추적하고 있지만 이 범인과는 털끝만 한 관계도 없는 인물이거든요. 아마 지금쯤 비서를 잡아들이고서 의기양양해하고 있을 겁니다." 그레그슨은 신나게 떠들다가 숨넘어가게 웃어댔다.

"그럼 형사님은 어떻게 단서를 얻었습니까?"

"아, 그 이야기를 다 해드리지요. 물론 왓슨 박사님, 이건 우리끼리만 알아야 될 얘깁니다. 해결할 첫 번째 난관은 살해된 미국인의 신원을 밝히는 일이었습니다. 일부 인사들이야 광고를 냈으니 답이 오길 기다리거나 누군가 자진해서 제보할 때까지 기다렸겠지요. 토바이어스 그레그슨은 그런 식으로 일하지 않습니다. 희생자 옆에 있던 모자를 기억합니까?"

홈스가 대답했다. "그럼요, 캠버웰가 129번지에 있는 '존 언더우드와 아들들' 제품."

그레그슨이 풀죽은 표정을 지었다.

그가 말했다. "홈스 씨가 그걸 눈여겨본 줄은 몰랐네요. 혹시 거기 가봤습니까?"

"아니요."

"이런! 아무리 시시해 보이는 가능성이라도 무시하면 안 되지요." 그레그슨이 안도하며 말했다.

"그렇죠. 큰일을 하려면 작은 단서라도 놓치면 안 되는 법이지요." 홈스가 설교투로 응수했다.

"아무튼, 나는 언더우드를 찾아가서, 그런 크기와 모양의 모자를 판매한 적이 있는지 물었습니다. 주인은 장부를 살폈고 즉시 기록을 찾았지요. 그 모자를 '토키 테라스, 샤펜티어 민박'에 체류 중인 드레버 씨에게 보냈다는 겁니다. 그래서 그 주소를 알아냈지요."

"영리하군요……. 대단히 영리해!" 홈스가 중얼댔다.

그레그슨 수사관이 계속 설명했다. "다음으로 마담 샤펜티어를 찾아갔는데, 그녀는 얼굴이 창백해지면서 곤란해하더라고요. 그녀의 딸도 방에 있었는데, 유난히 여린 아가씨더군요. 내가 말을 걸자 눈자위를 붉히고 입술을 떨었습니다. 이상한 기미를 눈치챘지요. 미심쩍은 생각이 들기 시작하더군요. 셜록 홈스 씨도 그, 감이 오는 느낌을 알잖습니까. 신경이 파르르 떨리는 그 기분. 그래서 '여기 묵었던 클리블랜드에서 온 이녹 J. 드레버의 사망 사건에 대해 들어봤습니까?'라고 물어봤습니다.

어머니가 고개를 끄덕이더군요. 말이 한 마디도 나오지 않는 눈치였습니다. 딸은 와락 눈물을 쏟았고요. 이들이 뭔가 알고 있다는 확신이 들었지요.

'드레버 씨가 기차를 탄다면서 집을 나선 게 몇 시였습니까?' 내가 물었습니다.

부인은 '저녁 8시예요'라고 대답하곤 불안한지 침을 삼키면서 '그의 비서인 스탠거슨 씨는 기차가 두 편 있다고 했어요. 한 편은 9시 15분, 한 편은 11시. 그는 먼저 기차를 타겠다고 했지요.'

'드레버 씨를 마지막으로 본 게 그때였습니까?'라고 내가 질문을 던지자 그녀의 얼굴에 큰 변화가 생겼습니다. 얼굴이 완전히 흙빛으로 변하더군요. 잠시 지나서야 그녀는 '네'라는 한마디를 할 수 있었어요. 쉰 목소리로 부자연스럽게 내뱉었지요.

잠시 침묵이 흐르다가 딸이 차분하고 맑은 소리로 말했습니다.

'거짓말해봤자 좋을 게 없어요, 어머니. 우리, 이분에게 솔직하게 말해요. 저희는 드레버 씨를 다시 봤어요.'

마담 샤펜티어가 양손을 들면서 '네가 어떻게!'라고 소리를 치더군요. 그녀는 의자에 털썩 주저앉으면서 말했습니다. '네가 오라비를 죽인 거야.'

'아서 오빠도 우리가 진실을 말하기를 바랄 거예요'라고 딸이 단호하게 대꾸했습니다.

내가 말했지요. '이제 이 일에 대해 털어놓는 게 좋을 겁니다. 말을 하다 마는 것은 아예 시작하지 않은 것만도 못합니다. 게다가 저희가 얼마나 파악하고 있는지도 모르잖습니까.'

샤펜티어는 '무슨 일이 생기면 네 책임이야, 앨리스!'라고 소리치더니, 나를 바라보며 말했습니다. '다 말할게요. 제 아들이 이 끔찍한 사건에 연루되었기 때문에 겁이 나서 흥분했다고는 생각지 마세요. 아들은 완전히 결백하니까요. 하지만 형사님과 세상의 눈에 그 아이가 불의와 타협한 것으로 보일까 걱정되네요. 하지만 그건 있을 수 없는 일이에요. 아들의 강직한 성품, 직업, 전력으로 보면 절대 그럴 리 없습니다.'

내가 대답했지요. '사실을 모두 털어놓는 게 최선입니다. 아드님이 결백하다면 분명히 아무 일도 없을 겁니다.'

'앨리스, 우리끼리 얘기하게 자리를 좀 피해주는 게 좋겠다'라고 어머니가 말하자, 딸이 물러갔습니다. 부인이 말을 이었습니다. '저는 모든 이야기를 털어놓을 의사가 없었지만, 딱한 딸아이가 입을 열고 말았으니 달리 방도가 없네요. 일단 말하기로 결정했으니 조금이라도 이상하게 느껴진 부분은 하나도 빼지 않고 다 말씀드리지요.'

'그러는 게 가장 현명한 처신입니다'라고 내가 말했지요.

'드레버 씨는 3주 가까이 저희와 지냈어요. 그와 비서인 스탠거슨 씨는 유럽 대륙을 여행하다가 여기 왔지요. 짐에 '코펜하겐' 꼬리표가 붙은 걸 봤거든요. 마지막에 들른 곳이 거기라는 거지요. 스탠거슨은 조용하고 얌전한 사람이었지만, 그의 고용주는 아주 딴판이었어요. 천박한 습성에 막무가내인 사람이었습니다. 도착한 날 밤, 술을 마시고 못되게 굴더니 다음 날 12시가 되도록 술이 깨지 않은 상태였어요. 하녀를 대할 때는 소름이 끼치도록 함부로 굴고 주제넘었지요. 그 작자는 곧 제 딸에게도 같은 태도를 취했고, 몇 차례 상스러운 말도 했지만 다행스럽게도 앨리스는 순진해서 그 말을 못 알아들었지요. 한번은 그 인간이 앨리스를 끌어안고 포옹했어요. 비서가 분개하면서 품위 없는 처신이라며 그를 힐난하더군요.'

내가 물어봤습니다. '그런데 왜 부인은 이 모든 걸 참았

습니까? 얼마든지 하숙인들을 내보낼 수 있었을 텐데요.'

정곡을 찌른 질문에 마담 샤펜티어는 얼굴을 붉히더군요. '그가 들어온 날 당장 나가라고 했으면 좋았으련만. 하지만 그것은 지독한 유혹이었어요. 그들의 숙박료는 각각 하루 1파운드였습니다. 1주일이면 14파운드. 게다가 지금은 비수기예요. 저는 과부고 해군에 있는 아들에게 돈이 많이 들어갑니다. 수입을 놓치는 게 아까웠어요. 좋게 생각하자는 식으로 넘어갔습니다. 하지만 앨리스 일은 너무 화가 났고, 그 일을 계기로 나가달라고 통고했지요. 그게 그자가 떠난 이유였습니다.'

'그래서요?'

'그가 마차를 타고 가는 것을 보자 마음이 가벼워지더군요. 마침 아들이 휴가 중이었지만, 저는 이 모든 일을 함구했지요. 아들의 성미가 격한 데다 누이를 끔찍이 아꼈거든요. 그들이 떠나고 문을 닫는데 마음의 짐을 벗어버린 것 같았습니다. 그런데 한 시간도 안 되어서 종이 울렸고, 나가보니 드레버 씨가 돌아왔더군요. 그는 몹시 흥분해 있었어요. 틀림없이 술을 마신 듯했죠. 그는 망나니짓을 했지요. 막무가내로 저와 딸이 있는 방으로 들어오더니, 기차를 놓쳤다면서 횡설수설했어요. 그러더니 앨리스에게 같이 달아나자고 수작을 하지 뭐예요. 그가 말했어요. '넌 나이를 먹었으니 법이 막지 못해. 난 쓰고도 남을 만큼 돈이 많다구. 여기 있는 노친네는 신경 쓰지 말고, 나랑 곧장 떠나자. 공주처럼 살게 해줄 테니까.' 가여운 앨리스는 겁을 먹어서 잔뜩 움츠리고 그를 밀어냈지만, 그자가 앨리스의 손목을 잡아 문으로 끌고 가려 했지요. 제가 비명을 질렀고, 그 순간 아들 아서가 방으로 들어섰어요. 그러다가 어떻게 됐는지 모르겠어요. 욕설과 난투를 벌이는 소리가 들렸어요. 저는 겁에 질린 나머지 고개를 들 수가 없었습니다. 결국 고개를 드니, 아서가 문간에 서서 웃고 있더군요. 아들은 손에 각목을 들고 말했어요. '저 자식이 다신 우릴 괴롭히지 않을 거예요. 제가 쫓아가서 어떤 꼬락서니인지 볼게요.' 이 말을 남기고 아서는 모자를 쓰고 거리로 나갔죠. 다음 날 저희는 드레버 씨가 의문의 죽음을 맞이했다는 소식을 들었습니다.'

샤펜티어 부인은 자주 숨을 헐떡이고 말을 멈추면서 말했습니다. 때로 목소리가 너무 낮아서 알아들을 수가 없었지요. 하지만 부인의 말을 모두 받아 적었으니까 착오가 있을 가능성은 없을 겁니다."

셜록 홈스가 하품을 하면서 응수했다. "제법 흥미진진하군요. 그 후 어떻게 됐습니까?"

　형사가 계속 설명했다. "샤펜티어 부인이 말을 멈추었을 때, 나는 사건 전체가 한 가지 사실을 가리키고 있음을 간파했지요. 부인을 계속 주시하면서 아들이 몇 시에 귀가했는지 물어봤습니다. 그런 방법은 늘 효과가 있거든요.

　그녀는 '모르겠네요'라고 대답하더군요.

　'몰라요?'

　'네, 아서가 현관 열쇠를 갖고 있어서 알아서 들어오니까요.'

　'부인이 잠자리에 든 이후였습니까?'

'네.'

'언제 잠자리에 드셨습니까?'

'11시경에요.'

'그러면 아드님은 적어도 두 시간 동안 출타했군요?'

'그랬죠.'

'네 시간이나 다섯 시간일 수도 있겠네요?'

'그렇지요.'

'그는 그 시간 동안 뭘 했을까요?'

부인은 '저야 모르죠'라고 대답하면서 입술까지 하얗게 질리더군요.

물론 그 후에는 더 조사할 게 없었습니다. 샤펜티어 중사의 소재를 찾아내서 경관 둘을 데리고 가서 체포했습니다. 어깨를 잡고 조용히 같이 가자고 일렀더니, 그는 낯짝 두껍게 응수하더군요. '드레버라는 불한당의 죽음과 관련해서 나를 체포하는 거겠지요'라고 말하지 뭡니까. 우리가 사건에 대해 입도 벙긋 안 했는데, 그가 그걸 언급하니 당연히 의심스러웠지요."

"그렇지요." 홈스가 말했다.

"그는 드레버를 쫓아나갈 때 들고 있었다고 모친이 말한 묵직한 각목을 여전히 갖고 있더군요. 단단한 참나무 곤봉이었습니다."

"그러면 당신의 논리는 뭡니까?"

"흠, 내 논리는 그가 브릭스턴가까지 드레버를 쫓아갔다는 겁니다. 거기서 둘 사이에 다시 다툼이 벌어졌고, 그 과정에서 드레버가 곤봉으로 가격당해 죽은 겁니다. 아마 배를 맞아서 흔적이 남지 않았을 겁니다. 밤에 비가 내려서 주위에 아무도 없었고, 샤팡티어는 피해자의 시신을 빈집으로 끌고 들어간 겁니다. 촛불, 핏자국, 벽의 글씨, 반지는 모두 경찰의 시선을 딴 데로 돌리려는 계략이겠지요."

"잘했습니다! 그레그슨. 잘하고 있군요. 언젠가는 승승장구하겠습니다." 홈스가 격려하는 투로 말했다.

형사가 으스대며 대답했다. "제법 매끈하게 처리해서 스스로 흐뭇하네요. 청년이 자발적으로 진술했습니다. 드레버를 따라갔는데 그가 눈치를 채고 빠져나가려고 택시 마차에 탔다는 겁니다. 자신은 집에 돌아가는 길에 예전에 한 배를 탄 동료와 만나서 오래 같이 걸었다더군요. 그 옛 동료가 어디 사느냐고 물었더니, 샤팡티어는 만족스러운 답을 내놓지 못했습니다. 모든 정황이 유난히 딱딱 맞아떨어지는 것 같습니다. 레스트레이드가 엉뚱한 곳을 파기 시작한 걸 생각하면 고소합니다. 그 친구, 별로 알아낼 게 없을 겁니다. 아이쿠, 호랑이도 제 말하면 온다더니!"

　우리가 대화를 나누는 사이, 레스트레이드가 계단을 올라와 거실로 들어섰다. 그런데 몸가짐과 옷매무새가 평소와는 달리 단정치 못했고 말쑥하지 않았다. 얼굴은 심란하고 침울해 보였고, 옷차림새는 흐트러지고 너저분했다. 레스트레이드는 홈스와 상의하러 왔음이 분명했다. 그런데 동료를 보자, 당황하고 조바심이 나는 눈치였다. 레스트레이드는 방 가운데 서서, 어쩌면 좋을지 모르겠다는 듯 초조하게 모자만 만지작댔다.

　마침내 레스트레이드가 입을 열었다. "이렇게 어려운 사건은 처음입니다. 도무지 이해가 되지 않는 사건입니다."

그레그슨이 의기양양하게 말했다. "아, 자네는 그렇게 보는군, 레스트레이드! 자네가 그런 결론에 이를 줄 알았지. 비서인 조지프 스탠거슨을 찾았나?"

레스트레이드가 침울하게 대꾸했다. "비서인 조지프 스탠거슨은 오늘 새벽 6시경 '핼리데이 민박'에서 살해되었다네."

7

어둠 속의 빛

레스트레이드가 전한 정보가 워낙 중대하고 예상치 못한 내용이라서 우리 셋 다 깜짝 놀랐다. 그레그슨은 의자에서 벌떡 일어나다가 남은 위스키를 쏟았다. 그는 말없이 셜록 홈스를 쳐다보더니, 입을 꾹 다물고 양미간을 잔뜩 찌푸렸다.

홈스가 중얼댔다. "스탠거슨까지! 얘기가 점점 복잡해지는군."

"안 그래도 얽히고설킨 사건인데 말이지요. 이건 뭐 전쟁터의 작전 회의에 앉아 있는 것 같으니." 레스트레이드가 투덜댔다.

"자네…… 그게 정확한 정보라고 확신하나?" 그레그슨

이 물었다.

"그가 묵었던 방에서 오는 길일세. 사건 현장을 처음 발견한 사람이 바로 나야." 레스트레이드가 대꾸했다.

홈스가 말했다. "우리는 그레그슨 형사에게 사건에 대한 견해를 듣던 참입니다. 뭘 봤는지, 어떻게 처리했는지 말해주지 않겠습니까?"

레스트레이드가 의자에 앉으면서 대답했다. "얼마든지요! 솔직히 털어놓자면 드레버의 죽음과 스탠거슨이 관계있다는 게 내 견해였습니다. 그런데 이 새로운 양상을 보면, 내가 완전히 헛다리를 짚은 거지요. 저는 그동안 스탠거슨이 범인이라 생각하고 그를 추적해왔습니다. 3일 저녁 8시 반이 지나 유스턴역에서 두 사람이 함께 있는 광경이 목격되었지요. 새벽 2시, 드레버가 브릭스턴가에서 발견되었습니다. 저녁 8시 30분에서 범행 시각 사이 스탠거슨이 뭘 했는지, 또 이후 어떻게 되었는지 밝히는 게 내가 맞닥뜨린 문제였습니다. 리버풀에 전보를 쳐서 스탠거슨의 신상을 설명하고 미국 여객선들을 주시하라고 알렸습니다. 그러고 나서 유스턴 인근 모든 호텔과 하숙집을 뒤지기 시작했습니다. 드레버와 동행이 헤어졌다면, 동행은 당연히 근처 어딘가에서 밤을 지내고 다음 날 아침에 역 주변에 나타날 거라고 봤거든요."

"두 사람이 사전에 만날 장소를 합의했을 테고." 홈스가 말했다.

"과연 그랬더군요. 엊저녁 내내 수소문하면서 돌아다녔지만 헛수고였습니다. 오늘 새벽부터 탐문을 재개했고, 8시에 리틀 조지가에 있는 '핼리데이 민박'에 도착했습니다. 스탠거슨이라는 사람이 투숙 중이냐고 물었더니 그렇다고 하더군요.

'그분이 기다리던 신사가 손님이시군요. 스탠거슨 씨가 이틀 동안 기다리셨어요.' 민박집 사람이 말했습니다.

'지금 그는 어디 있소?'라고 내가 물었지요.

'위층에서 주무세요. 9시에 불러달라고 하셨어요.'

'올라가서 그를 만나보겠소'라고 내가 말했소.

내가 불시에 들이닥치면 스탠거슨이 허를 찔려 무방비 상태로 뭔가 털어놓을 것 같았습니다. 사환이 방으로 안내하겠다고 자청했습니다. 그의 객실은 3층에 있었고, 작은 복도를 따라가니 방이 나오더군요. 사환이 방을 가리키고 아래층으로 내려가려는 찰나, 20년간 형사 노릇을 했는데도 비위가 상하는 광경이 눈에 들어왔습니다. 문 밑으로 빨간 리본 같은 피가 구불구불 흘러 나와서, 맞은편 걸레받이를 따라 작은 웅덩이를 이루었더군요. 나는 비명을 질렀고, 그 바람에 사환이 돌아왔습니다. 그는 핏자국을 보자 기절할 뻔했지요. 문이 안에서 잠겨 있었지만, 우리가 어깨로 밀어 문을 넘어뜨렸습니다. 창문이 열려 있고, 그 옆에 잔뜩 웅크린 물체가 있었습니다. 잠옷 바람의 사내 시신이더군요. 사지가 뻣뻣하고 몸이 찬 것으로 볼 때 사망한 지 꽤 되었더군요. 사환은 나를 도와 시신을 제대로 눕혔고, 곧 피해자가 바로 조지프 스탠거슨이라는 이름으로 투숙한 그자임을 확인해주었습니다. 사인은 왼쪽 옆구리의 깊은 자상이었고, 심장을 관통한 게 분명했습니다. 이제 이 사건에서 가장 기묘한 대목이 나옵니다. 살해된 사람의 위쪽에 무슨 글자가 쓰여 있었는지 아십니까?"

셜록 홈스가 대답하기 전인데도 나는 온몸에 소름이 돋고 무시무시한 느낌을 받았다. 셜록 홈스가 말했다.

"피로 'Rache'라고 적어놓았겠지요."

"바로 그렇습니다." 레스트레이드는 감탄한 투로 말했고, 다들 한동안 침묵했다.

이 묘한 살해범의 행동이 워낙 꼼꼼하고 불가사의한 데가 있어서, 범죄행위에서 생경한 섬뜩함이 느껴졌다. 전투 현장에서도 꿋꿋한 나였지만 사건을 떠올리면 신경이 곤두섰다. 레스트레이드가 설명을 이어갔다. "우유 배달원 소년이 범인을 목격했답니다. 소년은 우유를 받으러 가느라 민박집 뒤쪽 오솔길과 이어지는 골목을 지났는데, 늘 집 뒤편에 있는 사다리가 3층 창문에 걸쳐진 것을 봤답니다. 그곳을 지난 후 뒤돌아봤더니 한 사내가 사다리를 내려오고 있었다는군요. 사내가 너무 차분하고 천연덕스럽게 사다리를 내려와서, 소년은 민박에서 일하는 목수나 잡역부라고 짐작했지요. 그래서 유별나게 쳐다보지 않았답니다. 그저 작업하기에 너무 이른 시간이라는 생각만 했지요. 배달 소년은 범인이 장신이고 얼굴이 붉고 긴 갈색 외투를 입은 것 같다고 말했습니다. 범인은 살해 후 한동안 방에 머물렀음이 분명합니다. 범인이 손을 씻은 흔적이 있는 대야의 핏물과 피 묻은 칼을 닦은 이불보의 얼룩으로 볼 때 그렇습니다."

나는 홈스의 예상 그대로인 범인의 인상착의를 들으면서 그를 힐끗 보았다. 하지만 그의 얼굴에 의기양양하거나 흡족한 기미는 전혀 없었다.

"방 안에서 결정적인 단서가 될 만한 것들은 전혀 못 찾았습니까?" 홈스가 물었다.

"전혀요. 스탠거슨의 옷 주머니에 드레버의 지갑이 있었지만, 모든 지불은 비서가 했으니 이상한 일은 아닌 것 같습니다. 지갑에 80여 파운드가 있었지만, 돈은 고스란히 남아 있더군요. 이 별난 범죄들의 동기가 뭐든 절도가 아닌 것은 확실합니다. 피해자의 지갑에 쪽지나 메모는 없었습니다. 한 달 쯤 클리블랜드에서 보낸 전보 한 장만 있더군요. 'J. H.는 유럽에 있음'이라는 내용입니다. 전보에 다른 이름은 없습니다."

"또 뭐가 있었습니까?" 홈스가 물었다.

"딱히 중요한 것은 없었어요. 피해자가 잠들 때까지 읽은 소설책이 침대에 엎어져 있었고, 옆쪽 의자에 파이프 담배가 놓여 있었습니다. 탁자에 물잔 하나, 창틀에는 작은 나무 약상자가 있었는데 알약 두어 알이 들어 있더군요."

셜록 홈스는 환호성을 지르며 의자에서 벌떡 일어났다.

그가 들떠서 외쳤다. "마지막 고리가 나왔군. 드디어 사건이 해결됐어."

두 형사는 놀라서 셜록 홈스를 쳐다보았다.

홈스는 자신 있게 말했다. "뒤엉켰던 실들이 모두 내 수중에 들어왔습니다. 물론 채워야 될 세부 사항들이 있지만, 핵심 사실들은 모두 확실합니다. 드레버가 스탠거슨과 역에서 헤어진 시간부터 스탠거슨의 시신이 발견될 때까지의 과정이 내 눈으로 본 것처럼 선명합니다. 내가 알아낸 것들을 증명해보겠습니다. 혹시 그 알약을 갖고 왔습니까?"

레스트레이드가 작은 흰 통을 꺼내면서 말했다. "갖고

왔습니다. 경찰서에 안전하게 보관할 목적으로 약, 지갑, 전보를 가져왔습니다. 솔직히 말하면 약은 별로 중요한 것 같지 않았지만 그래도 챙겨왔지요."

홈스가 말했다. "이리 주세요." 그는 내게 몸을 돌리면서 물었다. "박사, 이건 흔한 알약입니까?"

흔한 알약은 분명 아니었다. 광택이 도는 회색으로, 작고 둥글고 빛에 비추면 거의 투명했다. 내가 대답했다. "가볍고 투명한 것으로 볼 때, 물에 녹을 것 같습니다."

"바로 그겁니다. 자, 그럼 이제 내려가서, 어제 여주인이 박사에게 안락사를 부탁한 테리어를 데려와주겠습니까?"

나는 아래층으로 내려가서 개를 품에 안고 올라왔다. 개의 힘겨운 호흡과 번들거리는 눈은 죽음을 목전에 두었음을 말해주었다. 새하얀 코끝만 봐도 이미 개가 수명을 다하고도 남았음을 알 수 있었다. 나는 개를 깔개 위의 쿠션에 내려놓았다.

"이 알약 한 개를 반으로 자르겠습니다." 홈스가 말하면서 작은 주머니칼로 알약을 잘랐다. 그가 말을 이었다. "반쪽은 다음에 쓸 수 있게 다시 약통에 넣겠습니다. 나머지 반쪽은 이 포도주잔에 넣고 물을 한 숟가락 붓지요. 박사의 추측대로, 알약이 녹는 것을 보게 될 겁니다."

"이거 대단히 흥미로울 것 같군요. 하지만 이게 조지프

스탠거슨의 죽음과 무슨 관련이 있는지 모르겠습니다."

레스트레이드가 조롱당하는 사람처럼 속상한 말투로 말했다.

"참으십시오, 친구. 참아봐요! 시간이 지나면 모든 게 그 사건과 관련 있는 걸 알게 될 테니. 이제 우유를 조금 더해서 맛을 내겠습니다. 이 약을 개에게 주면 녀석이 냉큼 먹을 겁니다."

홈스가 말하면서 포도주잔에 담긴 것을 컵받침에 부어 개 앞으로 밀었다. 개는 냉큼 접시를 깨끗하게 핥았다. 다들 홈스의 진지한 태도에 설득되어 말없이 앉아서, 놀라운 결과를 기대하며 개를 쳐다보았다. 그런데 그런 일은 일어나지 않았다. 개는 계속 쿠션에 누워 숨을 몰아쉬었지만, 약을 먹고 더 나빠지거나 좋아지는 기색이 없었다.

홈스가 회중시계를 꺼내 들었다. 아무 결과 없이 몇 분이 흐르자 그의 얼굴에 분노와 실망이 겹쳐졌다. 그는 입술을 씹고 손가락으로 탁자를 톡톡 두드리면서, 초조함이 극에 달할 때의 모든 징후를 보였다. 그가 매우 감정적이 되자 난 무척 안타까웠다. 반면 두 형사는 그가 난관에 처한 게 과히 싫지 않은 듯 조롱조로 씩 웃었다.

"우연일 리 없는데." 마침내 셜록 홈스가 말하면서 의자에서 벌떡 일어났다. 그는 방을 휘젓고 다니면서 말을 이었다. "단순한 우연일 가능성이 없는데. 드레버 사건에 사용된 걸로 의심되는 약물이 스탠거슨이 죽은 후 실제로 발견되었습니다. 그런데 약리 작용을 보이지 않다니! 그게 무슨 의미일까요? 내 추리에 오류가 있을 리 없습니다. 그건 말도 안 됩니다! 그런데 이 불쌍한 개가 변화를 보이지 않는군요. 아, 알았다! 알았어!" 셜록 홈스는 환호성을 지르면서 냉큼 약상자로 가서, 다른 알약을 둘로 갈라 반 알을 물에 녹이고 우유를 넣어 개에게 주었다. 불쌍한 개는 녹인 약에 혀를 대자마자 온몸에 경련을 일으켰고, 벼락 맞은 것처럼 몸이 뻣뻣해지면서 꼼짝하지 않았다.

셜록 홈스는 길게 숨을 내쉬면서 이마에 맺힌 땀을 훔쳤다. 그가 말했다. "내 자신을 좀 더 믿었어야 했는데……. 이쯤 되면 추리와 배치되는 사실이 나타날 경우, 다른 해석이 가능하다는 뜻임을 알 법도 하건만! 상자에 담긴 두 알 중 하나는 치명적인 독극물이었고, 나머지는 전혀 무해한 약이었습니다. 상자를 보기 전에 그걸 알아야 했는데 몰랐군요."

난 홈스가 하는 추리에 너무나도 놀란 나머지, 그가 제정신으로 말하고 있는지조차 믿을 수 없었다. 하지만 죽은 개는 그의 추리가 옳았음을 증명했다. 내 머릿속에 낀 안개가 점점 걷히는 것 같았다. 침침하고 애매하나마 진실이 서서히 드러나기 시작했다.

홈스가 말을 이어갔다. "여러분은 이 모든 게 이상해 보일 겁니다. 초동수사에서 유일한 진짜 단서의 중요성을 간과했기 때문입니다. 나는 운이 따라서 그것을 포착했고, 이후 일어난 모든 일에서 내 추리를 확인했습니다. 여러분에게 혼란을 주고 사건을 더 애매하게 몰아간 일들은 오히려 나를 일깨우고 내 추리를 완성시키는 데 도움이 됐습니다. 이상한 것과 기이한 것을 혼동하는 게 실수지요. 가장 빤한 범죄가 때로 가장 불가사의한 것은 추리를 끌어낼 새로움이나 특이점이 없기 때문입니다. 시선을 끄는 기이하고 충격적인 세부 사항 없이 그저 길바닥에서 시신이 발견되었다면, 이 살인 사건은 해결하기가 훨씬 어려웠을 겁니다. 기이한 세부 사항들은 사건을 더 까다롭게 하는 게 아니라 수월하게 만드는 결과를 낳습니다."

그레그슨은 상당한 인내심을 발휘해서 장황한 말을 듣고 있었지만, 더 참지 못하고 입을 열었다. "이봐요, 셜록 홈스 씨. 당신이 똑똑하고 나름의 수사 요령을 가졌다는 것은 얼마든지 인정하겠습니다. 하지만 지금 우리는 이론이나 강의를 듣고 싶은 게 아닙니다. 범인을 검거할 방법을 알고 싶다 이겁니다. 나 나름대로 수사를 진행했지만 내 추측이 틀린 것 같군요. 샤펜티어 중사가 이 두 번째 사건에 연루되었을 리 없으니까요. 레스트레이드는 스탠거슨을 의심해서 추적했고, 그 추측도 틀린 것 같습니다. 당신이 힌트를 찔끔찔끔 흘리는 걸 보면 우리보다 아는 게 많은 것 같네요. 하지만 사건에 대해 얼마나 아는지 단도직입적으로 물어도 될 때 같군요. 범행을 저지른 자의 이름을 댈 수 있습니까?"

레스트레이드가 나섰다. "그레그슨의 말이 맞습니다, 홈스 씨. 우리는 둘 다 노력했지만 실패했습니다. 내가 방에 들어온 후로, 당신은 필요한 모든 증거를 확보했다는 말을 두어 번 했습니다. 더 이상 혼자만 알고 있지 마십시오."

"체포를 미루면 범인에게 다른 잔악한 짓을 저지를 시간을 줄 수도 있을 겁니다." 내가 말했다.

그렇게 모두에게 압력을 받으면서도 홈스는 망설이는 기미를 보였다. 생각에 잠겼을 때 하는 습관처럼 고개를 푹 숙이고 방 안을 서성댔다.

마침내 그가 갑자기 걸음을 멈추고 우리를 마주보았다. "더 이상의 살인 사건은 없을 겁니다. 그 걱정은 안 해도 될 겁니다. 살인범의 이름을 아느냐고 물었지요. 압니다. 하지만 범인을 체포할 수 있느냐가 문제지, 누군지 아는 것은 큰 의미가 없습니다. 내가 쳐놓은 그물에 걸려들 가망이 있긴 하지만, 세심한 주의를 요하는 일입니다. 범인은 빈틈없고 필사적인 데다, 내가 알아낸 바로는 그 못지않게 똑똑한 자의 지원을 받고 있으니까요. 범인 스스로 그 누구도 단서를 찾아내지 못할 것이라는 확신이 들어야만 그를 잡을 가능성이 있습니다. 만약 눈곱만치라도 의심스러우면 그자는 이름을 바꾸고 이 대도시의 4백만 시민 속으로 사라질 겁니다. 두 분의 감정을 해치고 싶지 않지만, 범인은 경찰의 머리 꼭대기에 있다고 말할 수밖에 없습니다. 그런 이유로 경찰에 도움을 청하지 않은 겁니다. 나 혼자만 알았으니 실패하면 의당 모든 비난을 받겠지만, 그럴 각오가 되어 있습니다. 당장은 이 약속만 하지요. 내 계획을 망칠 위험이 없고 두 분에게 밝힐 수 있는 순간이 오면 즉시 그러겠습니다."

두 형사는 이런 어처구니없는 약속이나 경찰을 무시하는 말이 몹시 못마땅한 눈치였다. 그레그슨은 금발 머리가 두피까지 빨개졌고, 레스트레이드의 방울 같은 눈은 호기심과 적의로 번들거렸다. 하지만 그들이 입을 열 사이도 없이 문을 두드리는 소리가 났고, 동네 부랑아들의 대표인 위긴스가 꾀죄죄한 모습을 드러냈다.

소년은 굽신거리면서 말했다. "저기, 선생님. 아래층에 택시 마차를 불렀는데요."

"잘했구나." 홈스가 온화하게 말했다. 그가 서랍에서 철제 수갑을 꺼내면서 말을 이었다. "경찰청에서도 철제 수갑을 도입하면 좋을 텐데요? 용수철이 얼마나 잘 작동하는지 보십시오. 순식간에 잠깁니다."

"구식도 쓸 만합니다. 수갑을 채울 범인을 못 찾는 게 문제지." 레스트레이드가 쏘아붙였다.

홈스가 미소 지으면서 말했다. "좋습니다, 좋아요. 마부가 짐 옮기는 걸 거들어주면 좋겠군. 마부한테 올라오라고 일러라, 위긴스."

홈스가 여행이라도 떠날 듯이 말해서 난 놀랐다. 그런 얘기는 일언반구도 없었다. 방에 작은 여행 가방이 있었고, 그는 이것을 꺼내 끈으로 묶기 시작했다. 홈스가 법석을 떠는 사이 마부가 방으로 들어왔다.

"이 버클 좀 채워주시오, 마부." 홈스는 무릎을 꿇고 가방에 신경 쓰느라 고개도 들지 않았다.

마부는 시무룩하고 반항적인 태도로 다가와서 도우려고 양손을 내밀었다. 그 순간 날카로운 찰칵 소리가 났고 셜록 홈스가 똑바로 섰다.

그가 눈을 반짝이며 외쳤다. "여러분, 이녹 드레버와 조지프 스탠거슨의 살인범인 제퍼슨 호프를 소개합니다."

모든 일이 순식간에 벌어졌다. 너무 엉겁결이어서 알아차릴 새도 없었다. 지금도 그 순간이 생생히 기억난다. 홈스의 의기양양한 표정과 목소리, 마부의 넋 나간 흉악한 얼굴. 그는 마법처럼 팔목에 채워진 번쩍이는 수갑을 노려보았다. 잠시 우리는 조각상이 된 것 같았다. 그러다 범인이 알아듣기 힘든 분노에 찬 고함을 지르면서 홈스의 손아귀에서 빠져나가 창으로 몸을 던졌다. 그가 나무 창틀과 유리를 치고 나갔지만, 창을 완전히 빠져나가기 직전에 두 형사와 홈스가 사냥개처럼 달려들었다.

　범인은 방 안쪽으로 질질 끌려오자 발버둥치기 시작했다. 어찌나 힘이 세고 사나운지, 우리 넷은 몇 번이고 그를 놓쳤다. 범인은 간질 경련을 하는 사람처럼 발작적인 힘을 가진 것 같았다. 유리창을 뚫고 나가느라 얼굴과 손이 심하게 베이고 출혈이 심한데도 반항이 잦아들지 않았다. 레스트레이드가 목도리 안쪽에 손을 넣어 목을 조르다시피 한 후에야, 범인은 버텨봤자 소용없다는 걸 알았는지 발악을 멈추었다. 그래도 범인의 양손뿐 아니라 양발을 묶기 전에는 마음을 놓을 수가 없었다. 그렇게 조치한 후에야 우리는 숨을 몰아쉬면서 똑바로 섰다.

셜록 홈스가 말했다. "제퍼슨 호프의 마차가 있으니 거기 태워 경찰청으로 데려가면 편리하겠군요. 여러분." 그는 유쾌하게 웃으면서 말을 이었다. "이걸로 사건이 마무리되었군요. 궁금한 게 있으면 얼마든지 물어보세요. 이제는 대답을 망설일 이유가 전혀 없습니다."

2부

/

성도들의 나라

1

광활한 소금 평원에서

광활한 북미 대륙의 중앙에 메마르고 기분 나쁜 사막이 있다. 기나긴 세월 이 사막은 문명의 진입을 막는 장벽 역할을 했다. 시에라네바다에서 네브래스카까지, 또 북쪽의 옐로스톤 강에서 남쪽의 콜로라도 강에 이르는 황량하고 적막한 지대이다. 이 침울한 지역의 도처에서 자연은 다양한 얼굴을 선보인다. 눈 덮인 높은 산들이 있고 어둡고 음울한 협곡들이 있다. 비뚤비뚤한 물길을 내달리는 강줄기들, 겨울에는 흰 눈이, 여름에는 소금기 도는 잿빛 먼지가 쌓이는 드넓은 평원. 하나같이 황량하고 생명체가 살 수 없는 참담한 곳이라는 공통점이 있다.

이 절망적인 지역에는 사람이 살지 않는다. 가끔 포니

족이나 블랙풋 같은 인디언 부족이 다른 사냥터에 가려고 지나가지만, 용감무쌍한 이들조차 평원을 벗어나 초원 지대에 들어서면 안도한다. 덤불 사이에 코요테가 숨어 있고 허공에서 대머리수리가 날개를 무겁게 펄럭인다. 둔한 회색 곰은 컴컴한 골짜기를 어슬렁대면서 바위틈에 먹이가 있으면 덥석 문다. 오직 이들만 이 을씨년스런 곳에서 살아간다.

세상 어디에도 시에라블랑코의 북쪽 비탈에서 보는 광경보다 황량한 풍경은 없으리라. 눈 닿는 데까지 광활한 소금 사막이 뻗어 있고, 군데군데 키 작은 덤불이 있다. 지평선 가장자리로 산 능선이 길게 이어지고, 삐죽삐죽한 봉우리에 눈이 덮여 있다. 이 드넓은 지역에는 생명이 있다고 할 게 없다. 쇳빛 나는 파란 하늘에 새 한 마리 없고, 칙칙한 잿빛 땅에서 아무런 움직임도 없다. 무엇보다 그 죽음 같은 적막감. 귀 기울여보아도 어마어마한 광야를 통틀어 소리의 그림자 하나 얼씬하지 않는다. 그저 정적만 흐른다. 가슴 먹먹한 정적만 내려앉아 있을 뿐.

이 너른 평원에 생명이 있다고 할 만한 게 없다고 말했지만, 그건 맞는 말이 아니다. 시에라블랑코에서 내려다보면, 사막 위로 오솔길이 나 있고, 길은 구불구불 이어지다가 저 멀리 사라진다. 거기에 바큇자국과 많은 모험가들의 발자국이 찍혀 있다. 여기저기 흩어진 허연 물체들이 햇빛을 받아 반짝이고, 뿌연 염분과 대조되어 두드러진다. 다가가서 살펴보면! 바로 뼈다. 어떤 것들은 큼직하고 거칠고, 어떤 것들은 작고 매끈하다. 전자는 소뼈고, 후자는 사람 뼈다. 2400킬로미터에 달하는 끔찍한 포장마차 길에는 중도에서 좌절한 이들의 유골이 흩어져 있다.

1847년 5월 4일, 한 떠돌이가 이 풍경을 내려다보면서 서 있었다. 행색을 보면 이 지역의 수호신 아니면 악령이라고 할 만했다. 누가 봤다면 그의 나이가 마흔과 예순, 어느 쪽에 더 가까운지 가늠하기 힘들었을 것이다. 홀쭉한 얼굴은 초췌하고, 불거진 뼈대에 붙은 피부는 갈색 양피지 같았다. 긴 갈색 머리와 수염은 희끗희끗하고, 푹 꺼진 눈은 이상스러운 광채를 띤 한편 장총을 쥔 손은 해골처럼 앙상했다. 그는 총에 의지해 서 있었지만 장신의 큰 골격은 강단 있고 다부진 체격임을 보여주었다. 하지만 수척한 얼굴과 마른 몸에 옷을 헐렁하게 걸친 품새는 늙고 추레했다. 사내는 허기와 갈증으로 죽어가고 있었다.

그는 물을 찾으려는 부질없는 소망을 품고 힘겹게 계곡을 내려와 이 작은 둔덕에 올라섰다. 눈앞에 넓은 소금 평원이 뻗어 있고, 멀리 황량한 들판에 풀 한 포기, 나무

한 그루도 없는 걸 보면 물이 없다는 뜻이었다. 드넓은 풍경 속에 희망의 빛줄기는 없었다. 사내는 거친 눈빛으로 두리번대며 북쪽, 동쪽, 서쪽을 보다가, 방랑이 파국에 이르러 이제 자신이 메마른 바위에서 죽을 신세임을 깨달았다. "20년 후 따뜻한 이불 속에서 죽든 여기서 죽든 죽기는 마찬가지겠지." 사내가 중얼대면서 큰 돌에 의지해 자리를 잡았다.

앉기 전에 쓸모없는 총과 오른쪽 어깨에 멘 회색 숄에 싼 보따리를 바닥에 내려놓았다. 보따리가 힘에 부쳤는지 내리면서 바닥에 쿵 부딪쳤다. 곧 회색 보따리에서 신음 소리가 나더니, 겁먹은 조막만 한 얼굴이 나타났다. 갈색 눈이 빛났고, 반점이 있는 두 주먹은 올록볼록했다.

"아저씨 때문에 아프잖아요!" 비난하듯 쏘아붙이는 아이의 말투가 들려왔다.

사내가 뉘우치듯 대답했다. "그랬니? 일부러 그런 건 아니야." 그는 회색 숄을 풀어, 다섯 살쯤 된 예쁘장한 여자애를 나오게 했다. 예쁜 구두와 린넨 앞치마가 달린 말쑥한 분홍 원피스는 어머니가 신경 써서 입혔음을 말해주었다. 아이는 창백하고 기운이 없었지만, 건강한 팔다리로 볼 때 사내보다는 고생을 덜한 상태였다.

"이제 좀 어떠냐?" 사내가 초조하게 물었다. 아이는 금발 곱슬머리가 덮인 뒤통수를 계속 문질렀다.

"여기 뽀뽀해서 호 해주세요. 엄마는 그렇게 해준단 말이에요. 엄마는 어디 있어요?" 아이가 아픈 곳을 사내에게 내밀면서 물었다.

"엄마는 가셨단다. 이제 곧 엄마를 만날 거야."

꼬마가 말했다. "엄마가 가다니. 어! 이상하다, 엄마가 '안녕'이라고 안 그랬는데. 엄마는 이모네 차 마시러 갈 때마다 '안녕'이라고 말하거든요. 그런데 3일이나 지났잖아요. 저기, 아저씨는 목 안 말라요? 물이나 먹을 거 없어요?"

"그래, 아무것도 없단다. 조금만 참으면 괜찮아질 거야. 나한테 다시 그렇게 머리를 기대면 기분이 좋아질 거다. 바싹 마른 입술로 말하기가 힘들지만, 네게 어찌 된 일인지 알려주는 게 좋을 것 같구나. 근데 손에 움켜쥔 건 뭐냐?"

"예쁘죠? 집에 가면 동생한테 줄 거예요." 아이는 반들반들한 운모 두 개를 들어 보이면서 힘껏 외쳤다.

사내가 자신 있게 말했다. "이제 곧 그것들보다 예쁜 것들을 보게 될 거다. 조금만 기다리면 돼. 너한테 말해줄 참이었지. 강을 건너온 기억이 나냐, 아가?"

"아, 네."

"그래, 곧 다른 강을 만날 거라고 예상했더랬지. 헌데 뭔가 잘못된 게지. 나침반이나 지도 같은 게 잘못됐는지 도통 강이 나타나질 않았어. 물이 바닥났지. 너 같은 사람이 마실 물만 아주 조금 남았고 그리고……"

"그리고 아저씨는 못 썻었고요." 아이가 눈살을 찌푸리며 말하고는 사내의 꾀죄죄한 얼굴을 올려다보았다.

"그래, 물도 못 마시고 말이지. 세수야 다음에 하면 되지만 물을 마시지 못하면 사람들은 죽는단다. 벤더 씨가 맨 먼저 떠났고 다음으로 인디언 피트, 그 후 맥그리거 부인, 다음에는 조니 혼스. 그러고 나서 네 엄마가 떠났단다, 아가."

"그러면 엄마도 죽은 거잖아요." 아이가 소리치면서 앞치마에 얼굴을 묻고 서럽게 울었다.

"그래, 너랑 나만 빼고 모두 떠났지. 이쪽에 물이 있을 수도 있겠다 싶어 너를 어깨에 메고 여기까지 왔단다. 그런데 형편이 나아진 것 같지가 않구나. 이제 희망이 별로 없어 보인다."

"우리도 죽을 거라는 말이에요?" 아이가 흐느낌을 멈추면서 눈물범벅인 얼굴을 들고 물었다.

"그럴 것 같구나."

아이는 명랑하게 웃으면서 대꾸했다. "미리 말해주지 그랬어요. 정말 놀랐다고요. 저기, 우리 죽으면 엄마랑 다시 만날 수 있는 거죠?"

"그래, 그럴 게다, 아가."

"아저씨도 죽는 거예요? 엄마한테 아저씨가 얼마나 잘 해줬는지 말해야지. 엄마가 큰 물병을 들고 천국 문으로 마중 나올 거예요. 동생이랑 내가 좋아하는, 앞뒤를 바싹 구운 따뜻한 메밀 팬케이크도 잔뜩 들고. 얼마나 있으면 될까요?"

"모르겠다만, 그리 오래는 아닐걸." 사내의 시선이 북녘의 지평선에 쏠렸다. 창공에 작은 점 세 개가 나타나더니 시시각각 커지면서 점점 재빠르게 다가왔다. 점들은 이내 이지러져 갈색 새들로 변했고, 두 사람의 머리 위를 맴돌다가 위쪽 바위에 내려앉았다. 서부의 독수리인 대머리수리였고, 이들의 출현은 죽음의 전조였다.

"남자 새랑 여자 새다!" 아이가 불길한 새들을 가리키며 명랑하게 외치고 손뼉을 치자 새들이 날아올랐다. 여자애가 물었다. "저기, 하느님이 이 마을을 만든 거예요?"

"그렇지." 사내가 예상 못한 질문에 좀 놀라면서 대답했다.

여자애가 말했다. "하느님은 일리노이 주, 미주리 주를 만들었어요. 이쪽 마을은 하느님이 아니라 다른 사람이 만들었을 거야. 별로 잘 만들지 않았잖아요. 물이랑 나무를 만드는 걸 까먹었으니까."

"기도를 올리면 어떨까?" 사내가 자신 없이 물었다.

"아직 밤이 안 됐는데." 아이가 대답했다.

"그건 상관없지. 보통 때와 다르지만, 하느님도 뭐라하지 않으실 거다. 평원에 있을 적에 마차에서 밤마다 네가 하던 기도를 하면 되겠네."

"아저씨도 기도를 하지 그래요?" 아이가 궁금한 눈초리로 물었다.

사내가 대답했다. "기억이 안 나서 말이지. 키가 저 총

의 절반만 했을 적 이후로는 기도해본 적이 없어서. 너무 늦지는 않았겠지. 네가 소리 내서 기도하면 내가 옆에 서서 따라하마."

"그러면 아저씨는 무릎을 꿇어야 해요. 나도 그렇고요." 여자 아이는 무릎을 꿇으려고 바닥에 숄을 폈다. 아이가 덧붙여 말했다. "이렇게 손을 올리세요. 그러면 기분이 좋아져요."

대머리수리들 외에 다른 사람들이 봤다면 이상히 여겼으리라. 좁은 숄 위에 나란히 무릎을 꿇은 두 떠돌이, 재잘대는 아이와 무뚝뚝한 모험가. 통통한 얼굴과 초췌한 각진 얼굴이 청명한 하늘을 바라보며, 하늘에 계신 두려운 존재에게 진정으로 간구했다. 가늘고 맑은 목소리와 깊고 거친 목소리가 어우러져 자비와 용서를 빌었다. 기도를 마치자, 두 사람은 바위 그늘에 다시 자리를 잡았고, 아이는 보호자인 사내의 넓은 품에 기대 잠들었다. 그는 한동안 잠든 아이를 지켰지만, 결국 본능을 이기지 못했다. 사흘 밤낮 눈을 붙이지도 쉬지도 못한 참이었다. 점점 눈꺼풀이 지친 눈을 덮고 고개가 가슴팍으로 숙여지다가, 희끗희끗한 수염과 아이의 금발이 뒤섞였다. 두 사람은 똑같이 꿈도 없는 깊은 잠에 빠져들었다.

만약 이 떠돌이가 반 시간만 더 깨어 있었다면 기묘한 광경을 목격했을 것이다. 멀리 소금 평원의 맨 끝에서 먼지구름이 뿌옇게 일어났다. 처음에는 조금 흩뿌리더니 시나브로 더 높고 넓어지면서 단단하고 선명한 구름으로 변했다. 먼지구름은 계속 커졌고, 결국 대집단이 이동하면서 생기는 먼지구름임이 확실해졌다. 사막이 아닌 곳에서 이 광경을 봤다면, 초원에서 풀을 뜯는 아메리카 들소 떼가 온다고 결론지었으리라. 회오리바람이 두 떠돌이가 잠든 외딴 절벽에 가까워지자, 아지랑이 사이로 포장마차들과 무장한 말 탄 이들이 나타나기 시작했다. 이 환영은 알고 보니 서부로 향하는 대규모 집단이었다. 행렬의 선두가 산 아래 도착했을 때 후미는 아직 지평선상에 떠오르지도 않았다. 광활한 평원에 마차, 짐수레, 말 탄 남자, 걷는 남자 행렬이 구불구불 이어졌다. 수많은 여인들이 짐을 지고 비틀비틀 걷고, 아이들은 마차 옆에서 걷거나 흰 포장 아래서 고개를 내밀었다. 여느 이주 집단과는 확연히 달랐다. 상황이 안 좋아서 쫓겨나 새 나라를 찾아 가는 유목민 부족 같았다. 대규모 집단이 내는 덜거덕 우르르 소리가 삐걱대는 바퀴 소리와 말 울음 소리와 뒤섞여 울려 퍼졌다. 시끄러운 소리였지만, 바위산에서 지쳐 잠든 두 떠돌이는 깨지 않았다.

대열의 선두에 스무 명쯤 되는 엄숙한 표정의 사내들이 있었다. 그들은 거친 천으로 만든 옷을 입고 라이플총을 차고 있었다. 그들은 벼랑 밑에 도착하자 멈춰 서서 잠시 상의했다.

"오른편에 샘이 있소, 형제들." 굳은 입매에 잿빛 수염을 깔끔하게 면도한 사내가 말했다.

"시에라블랑코의 오른편이라? 그러면 우리는 리오그란데 강에 도착하겠군요." 다른 사람이 말했다.

또 다른 사내가 외쳤다. "물 걱정은 하지 마시오. 그분은 바위틈에서도 물을 끌어올릴 수 있는 분이라오. 그분이 택한 족속은 절대 버리시지 않을 것이오."

"아멘! 아멘!" 모두 화답했다.

일행이 다시 출발하려던 찰나 가장 젊고 눈썰미 좋은 축에 드는 사람이 고함치면서 위쪽의 뾰족한 바위를 가리켰다. 꼭대기에서 분홍 조각이 퍼덕였고, 잿빛 바위와 대조되어 눈에 띄고 반짝였다. 그 광경에 다들 말고삐를 당기고 어깨에서 총을 내렸고, 선봉을 호위하려고 다른 기수들이 달려왔다. 모두의 입에서 '인디언 레드 스킨'이라는 말이 나왔다.

지휘관으로 보이는 연장자가 말했다. "여기 인디언이 있을 리 만무하오. 우리는 포니족을 지나왔고 산맥을 지날 때까지 인디언 부족은 없소."

"제가 가서 살피고 올까요, 스탠거슨 형제님?" 무리 중 한 명이 물었다.

"저도요.""저도." 열두어 명이 나섰다.

"말을 아래에 두고 가면 우리는 이곳에서 그대들을 기다리지." 노장이 대답했다. 곧 청년들이 말에서 내려 고삐를 묶어놓고, 미심쩍은 목표물을 향해 가파른 비탈을 올랐다. 그들은 훈련받은 정찰대답게 자신만만하고 조용히 움직였다. 아래 평원에서 지켜보는 일행은 바위에서 바위로 획획 지나는 정찰대원들을 볼 수 있었다. 그들의 윤곽선이 하늘을 배경으로 두드러져 보였다. 처음 경종을 울린 젊은이가 일행을 이끌었다. 뒤따르던 청년들은 갑자기 그가 놀란 듯 양손을 드는 것을 보았고, 가까이 다가가다가 앞에 펼쳐진 광경에 다들 움찔했다.

황량한 언덕 꼭대기의 좁은 평지에 큰 바위가 있고, 한 사내가 바위에 기대 누워 있었다. 키가 크고 수염이 길었고, 다부지지만 뼈만 남은 체구였다. 평온한 표정과 고른 숨으로 봐서 곤히 잠든 걸 알 수 있었다. 옆에서 어린애가 하얀 팔로 사내의 갈색 목을 끌어안았다. 아이는 금발 머리를 무명 벨벳 셔츠를 입은 사내의 가슴팍에 기대고 있었다. 벌어진 붉은 입술 사이로 가지런한 흰 이가 보였고, 아기 같은 얼굴에 장난기 어린 미소가 번졌다. 흰 양말과 반짝이는 고리가 달린 깔끔한 구두를 신은 통통한 흰 다리는 쭈글쭈글한 사내의 긴 다리와 묘한 대조를 이루었다. 두 사람 위쪽으로 솟은 바위에 대머리수리 세 마리가 앉아 있다가, 인기척이 나자 까악대면서 날아올랐다.

새들의 시끄러운 울음에 깬 두 사람은 어리둥절해서 주위를 둘러보았다. 사내는 벌떡 일어나 평원을 내려다보았다. 그가 잠들 당시 평원은 황량하기 짝이 없었지만, 이제는 어마어마한 사람과 동물 행렬이 지나는 중이었다. 그 광경을 보자 사내는 아연실색한 표정을 지으며 앙상한 손을 눈 위로 올렸다. "이게 환영이라는 것이군." 그가 중얼댔다. 여자애는 사내의 옷자락을 붙잡고 서서 말

없이 아이다운 호기심 어린 눈으로 두리번댔다.

두 사람은 눈앞의 광경이 환상이 아니라는 사실을 곧 깨달았다. 한 청년이 여자아이를 안아 어깨에 메고, 다른 둘은 수척한 사내를 부축해 마차 행렬 쪽으로 내려갔다.

떠돌이 사내가 말했다. "내 이름은 존 페리어요. 스물한 명 중 나와 이 아이만 남았소. 나머지는 남쪽에서 갈증과 허기로 다 죽었고."

"아이는 당신 딸입니까?" 한 사람이 물었다.

존 페리어가 쏘아붙였다. "이제는 그런 셈이지. 내가 구했으니 내 자식이오. 아무도 아이를 빼앗지 못하오. 오늘부터 이 아이는 루시 페리어다 이거요. 그런데 당신은 누구요?" 그는 궁금한 눈초리로 구릿빛 피부의 건장한 청년들을 흘끔대면서 덧붙여 말했다. "어마어마한 무리 같군."

한 청년이 대답했다. "만 명가량 됩니다. 우리는 박해받은 신의 자녀들, 모로나이 천사의 선택을 받은 사람들입니다."

"그런 천사는 못 들어봤는데. 그 천사가 많이도 선택했나 보구면."

다른 청년이 진지하게 말했다. "신성한 이름을 조롱하지 마시오. 우리는 뉴욕 주 팔미라에서 우리 교 창시자인 조지프 스미스께서 귀하게 얻은, 황금판에 이집트 문자를 새긴 경전을 신봉하는 이들입니다. 우리는 일리노이주 나우부에 성전을 세우고, 폭력적인 인간과 신앙심 없는 자들을 피해 사막 한가운데까지 오게 되었습니다."

나우부라는 지명을 듣자 존 페리어는 떠오르는 게 있었다. "그렇군, 당신들은 모르몬교도들이군."

"맞습니다. 우리는 모르몬교도들입니다." 청년들이 한목소리로 대답했다.

"그래서 어디로 가는 길이오?"

"모릅니다. 하느님의 손길이 우리 선지자를 통해 인도

하십니다. 당신도 이제 그분 앞에 가야 됩니다. 어떤 처분을 내릴지 그분이 명하실 겁니다."

그들은 곧 언덕을 내려와 순례자 무리에 둘러싸였다. 창백한 얼굴의 순해 보이는 여인들, 깔깔 웃는 아이들, 매서운 눈매의 사내들. 이교도 중 한 명이 아이인 데다 사내가 너무도 여위어서 다들 놀랐고 가여워서 탄식했다. 이들을 데려온 청년들은 멈추지 않고 계속 걸었고, 모르몬교 무리가 뒤따랐다. 어느 마차 앞에 도착하자, 마차의 크기와 번지르르하고 말쑥한 모양새가 한눈에 들어왔다. 이 마차는 말 여섯 필이 끄는 반면, 다른 마차들은 두 필이나 기껏해야 네 필이 끌었다. 마부 옆에는 서른 살은 안 되어 보이지만, 큰 두상과 결연한 표정이 누가 봐도 지도자인 사내가 앉아 있었다. 무리가 다가오자 그는 읽고있던 갈색 표지의 책을 내려놓고 상황 설명을 찬찬히 들었다. 그러더니 두 떠돌이에게 고개를 돌렸다.

사내가 진중한 말투로 입을 열었다. "우리와 함께 가려면 같은 신앙을 가져야 한다. 양 떼 속에 늑대를 둘 수는 없는 법. 조금 썩은 부분을 그대로 두었다가 시간이 흘러 과실을 통째로 썩게 할 바에는, 그대들의 뼈가 이 황야에서 백골로 묻히는 편이 낫지. 이런 조건을 수긍하고 우리와 함께 가겠는가?"

"어떤 조건이든 당신들을 따라가겠소이다." 존 페리어가 강한 어조로 말하자, 진중한 원로들은 웃음을 참지 못했다. 그러나 지도자만은 여전히 엄격하고 근엄한 표정을 짓고 있었다.

그가 말했다. "이들을 데려가라, 스탠거슨 형제. 그리고 음식을 주어라, 아이에게도 마찬가지고. 교리를 가르치는 일도 형제에게 맡기겠노라. 너무 오래 지체했다. 전진! 시온을 향해 앞으로!"

"시온을 향해 앞으로!"

모르몬교도들이 외쳤고, 구호는 긴 행렬을 따라 입으로 전해지다 맨 뒤쪽에서는 웅웅 소리로 잦아들었다. 채찍 소리와 삐걱대는 바퀴 소리를 내면서 큰 마차들이 움직이기 시작했고, 곧 행렬 전체가 다시 한번 구불구불 이어졌다. 두 떠돌이를 맡은 원로가 그들을 마차로 데려갔다. 마차에는 벌써 음식이 준비되어 있었다.

그가 말했다. "여기서 지내시오. 며칠 지나면 원기가 회복될 거요. 지금부터 영원토록 우리 교파 신자임을 기억하시오. 2대 브리검 영 회장께서 그렇게 말씀하셨소. 그분은 조지프 스미스의 음성으로 말씀하신 것이며 그 음성은 곧 하느님의 음성이오."

2

유타의 꽃

이주에 나선 모르몬교도들이 보금자리를 찾기까지 겪은 시련과 고난을 여기서 일일이 말하는 것은 적당치 않다. 그들은 미시시피 강 연안을 떠나 로키산맥의 서쪽 능선에 도착할 때까지 역사상 유례없이 지속적으로 시달렸다. 맹수 같은 인간들, 맹수, 허기, 갈증, 피로, 질병 등 자연이 안겨줄 수 있는 모든 장애물을 앵글로색슨족다운 불굴의 정신으로 극복했다. 하지만 긴 여정과 누적된 공포감에 가장 신실한 이들조차 마음이 흔들릴 정도였다. 그래서인지 햇발 쏟아지는 유타의 너른 계곡이 발아래 펼쳐지고, 지도자의 입을 통해 이곳이 약속의 땅임을 알자, 전원이 무릎 꿇고 뜨거운 기도를 올렸다. 지도자는 이 미답의 땅이 영원히 그들의 영토라고 선언했다.

브리검 영은 알고 보니 과감한 수장일 뿐 아니라 노련한 행정가였다. 그는 장차 세울 도시를 지도로 그리고 계획 도면을 준비했다. 그러고는 각자 위상에 따라 농토를 배분했다. 상인은 장사를 했고 장인은 만들던 물건을 만들었다. 마법이라도 부린 듯이 시내에 도로와 광장이 생겨났다. 시골에는 배수로와 산울타리가 조성되었고 식수 조림과 개간이 진행되어 다음해 여름에는 밀이 벌판 전체를 황금빛으로 물들였다. 이 기이한 마을은 모든 게 번창하고 있었다. 특히 시내 중심에 세운 큰 성전은 점점 높아지고 커졌다. 허다한 위험 속에서도 안전한 길로 인도해주시는 분에게 바치는 성전에서는 동틀 녘부터 해질 녘까지 망치질과 톱질 소리가 그치지 않았다.

떠돌이 생활을 하던 존 페리어와 조그만 여자아이는 긴 순례의 끝까지 모르몬 신도들과 동행했다. 존 페리어에게 입양되어 운명을 함께하던 루시 페리어는 장로인 스탠거슨의 마차를 타고 이동했다. 마차에는 스탠거슨의 세 부인과 열두 살인 고집쟁이 아들이 있었다. 루시는 엄마를 잃은 충격에서 금세 벗어나 활기를 찾았고, 아낙들의 귀여움을 받았다. 그러면서 새로운 생활에 적응했다. 한편 존 페리어는 원기를 되찾았고, 꽤 유능한 길잡이 겸

불굴의 사냥꾼으로 두각을 나타냈다. 일찌감치 새 동반자들의 신뢰를 얻은지라, 여정이 끝날 즈음에는 너른 옥토를 할당받는 게 당연하게 여겨졌다. 페리어는 수장인 브리검 영과 4인의 장로인 스탠거슨, 켐벌, 존스턴, 드레버를 제외하면 누구보다 큰 땅을 받았다.

그렇게 얻은 땅에 지은 튼튼한 오두막은, 세월이 가면서 증축이 거듭되어 널찍한 저택이 되었다. 존 페리어는 현실감이 뛰어나고 거래 수완이 좋은 데다 손재주가 좋았다. 그는 강철 같은 체력 덕에 밤낮없이 땅을 갈고 농사를 지었다. 결국 농토와 모든 소유물이 엄청나게 늘어났다. 3년 후 존 페리어는 이웃들보다 넉넉해졌고, 6년 후에는 유복해졌으며, 9년 후에는 부자가 되었다. 12년 후 솔트레이크시티를 통틀어 그와 견줄 재산가는 대여섯 명도 안 됐다. 내해부터 멀리 워새치 산맥까지 존 페리어의 이름이 알려졌다.

그가 모르몬교도를 거스르는 점은 딱 한 가지 있었다. 다들 입씨름하고 설득해도, 페리어는 모르몬 신도들의 혼인 방식에 따르지 않았다. 그는 왜 계속 혼인을 거부하는지 밝히지 않았고, 변함없이 확고한 의지를 내비쳤다. 페리어가 개종한 신앙에 미온적이라는 힐난도 있었고, 돈 욕심 때문에 돈쓸 일을 꺼린다는 얘기도 있었다. 과거 연애사를 언급하면서 동쪽 연안에서 슬픔으로 야위어간 금발 아가씨 때문이라고 말하는 사람들도 있었다. 무슨 이유든 페리어는 단호하게 독신 생활을 고수했다. 하지만 그 외의 모든 면에서 새롭게 정착한 마을의 신앙생활을 준수했기에, 정통파이면서 원칙을 지킨다는 평판을 얻었다.

루시 페리어는 통나무집에서 자라면서 양아버지가 하는 일들을 모두 거들었다. 산의 정기와 솔향기가 아이를 보듬고 어머니처럼 키워주었다. 세월이 흐르면서 루시는 점점 키가 컸고 튼튼해졌으며, 얼굴에 혈색이 돌았으며, 활기차게 걸어 다녔다. 들판을 지나다니는 사람들은 밀밭을 누비는 아가씨 티가 나는 루시를 보곤 했다. 서부 사람으로 태어난 것처럼 작은 야생마를 느긋하고 우아하게 다루는 모습을 보자면 오래전에 잊은 기억이 되살아났다. 세월이 지나면서 꽃봉오리가 꽃으로 피어나고, 아버지가 최고 부농이 되는 사이 루시는 태평양 연안 전체에서 가장 아리따운 미국 처녀로 자랐다.

하지만 소녀가 여인이 된 것을 처음 알아차린 사람은 아버지가 아니었다. 이 신비로운 변화는 조금씩, 알아챌 수 없을 정도로 그렇게 되어버리니까. 특히 자신도 모르게 누군가의 음성이나 손길에 심장이 콩닥거리면, 으쓱하면서도 두려운 기분으로 내면에 더 큰 본능이 깨어났음을 알게 된다. 그날을 기억 못할 사람이 있을까, 새로운 인생의 새벽을 밝히는 작은 사건을 기억하지 못하는 사람은 없다. 루시 페리어의 경우, 그 사건은 본인과 여러 사람의 운명에 큰 영향을 주기도 했지만, 사건 자체도 아주 심각했다.

더운 6월 아침이었고, 모르몬 성도들은 벌집의 벌들처럼 분주했다. 들녘과 도로에서도 똑같이 부산히 움직였다. 먼지 자욱한 도로마다 길게 늘어선 노새들은 무거운 짐을 지고 서쪽으로 향했다. 캘리포니아에서 금광이 발견되어 황금 열풍이 일어났고, 육로는 '선택받은 자들의 도시'를 지나게 되어 있었다. 초원에서 돌아오는 양과 수송아지, 지친 이주민 행렬이 이어졌고, 사람이나 말이나 끝없는 여정에 기진맥진했다. 루시는 아버지의 심부름으로 시내에 가는 길이었다. 어중이떠중이 섞인 행렬 틈에서 능숙하게 말을 달렸다. 몸을 움직이느라 흰 얼굴이 발그레하고, 긴 다갈색 머리칼이 휘날렸다. 예전에도 여러 번 그랬듯이, 자신이 맡은 일에 대한 열정에 사로잡혀 젊은이답게 겁 없이 내달렸다. 먼 길을 걸으며 지친 행인들은 놀라서 그녀를 쳐다보았고, 모피를 입은 덤덤한 인디언들조차 평소의 냉정함을 버리고 흰 얼굴의 미인에게 감탄했다.

루시가 도시의 변두리에 도착하니, 대규모 소 떼가 길을 막고 있었다. 평원에서 온 거친 인상의 사내 대여섯이 소 떼를 몰았다. 루시는 답답해서 말을 몰고 빈틈을 비집고 들어가 막고 있는 장애물을 통과하려 애썼다. 하지만 틈바구니를 파고들기 무섭게 소들이 뒤쪽을 막았고, 뿔이 긴 사나운 눈빛의 황소 떼 속에 갇히고 말았다. 루시는 소 떼를 익숙하게 다루기에 이런 상황에도 주눅 들지 않고, 행렬 사이를 누비고 나갈 요량으로 말을 채근할 기회를 엿보았다. 그런데 안타깝게도 우연인지 고의인지 소가 뿔로 옆구리를 치받아 말을 극도로 자극했다. 한순간 말이 분노에 차서 울면서 뒷다리로 서서 껑충대며 몸부림쳤다. 말 탄 사람이 아주 노련하지 않았으면 내동댕이쳐질 위험천만한 순간이었다. 흥분한 말이 뒷발을 들고 뛰어오르면서 소뿔에 받혔고, 다시 자극받아 몸부림쳤다. 루시는 안장에서 떨어지지 않으려고 버티는 것 외에 도리가 없었다. 말에서 떨어졌다간 사나운 소 떼들의 발에 치여 목숨을 잃을 터였다. 갑작스런 돌발 상황에 당황해서 머리가 빙글빙글 돌기 시작했고, 고삐를 잡은 손아귀에 힘이 빠졌다. 먼지 구름이 피어오르고 소 떼들이 버둥대며 입김을 뿜자 루시는 숨이 막혔다. 낙심해서 거의 노력하기를 포기한 순간, 친절한 목소리가 루시의 귓가에 들렸다. 동시에 강한 구릿빛 손이 겁먹은 말의 고삐를 잡아, 소 떼 사이로 말을 끌어내서 곧 가장자리로 데려갔다.

"다치지 않으셨는지요, 아가씨." 그녀를 구해준 사람이 공손히 말했다.

루시는 그의 가무잡잡하고 험상궂은 얼굴을 올려다보면서 짓궂게 웃었다. 그러고는 해맑게 말했다. "잔뜩 겁먹었어요. 소 떼가 판초를 보고 그렇게 무서워할 줄 누가 알았겠어요?"

"말에서 떨어지지 않길 천만다행입니다." 상대가 진지하게 말했다. 키가 크고 투박하게 생긴 청년은 갈색과 흰색이 섞인 다부진 말에 타고 있었는데 사냥꾼들처럼 거친 옷을 입고 어깨에 긴 라이플총을 메고 있었다. "존 페리어의 따님이시죠? 아가씨가 그 댁에서 말을 타고 나오는 것을 봤습니다. 아버님을 만나면 세인트루이스의 제퍼슨 호프 일가를 기억하시는지 물어보십시오. 그분이 맞는다면 제 아버지와 둘도 없는 절친한 사이셨을 겁니다."

루시가 새침하게 물었다. "우리 집에 와서 직접 물어보는 게 낫지 않겠어요?"

청년은 그녀의 권유가 마음에 드는지 반색하는 눈빛으로 대답했다. "그렇게 하지요. 하지만 두 달간 산속에서 지내느라, 손님으로 찾아갈 행색이 아닙니다. 부친께서

저희를 보면 쫓아내실걸요."

루시 페리어가 대답했다. "아버지는 당신에게 큰 신세를 졌고 저도 마찬가지예요. 그분은 저를 무척 아끼시거든요. 만약 그 소들이 저를 덮쳤다면 아버지는 시름을 떨치시지 못했을 거예요."

"저도 마찬가지였을 겁니다." 청년이 말했다.

"당신이요? 저기, 그게 당신과 무슨 상관이 있죠? 저와 친구 사이도 아닌데요."

이 말을 듣고 사냥꾼 청년이 가무잡잡한 얼굴을 붉히

자 루시는 큰 소리로 웃었다.

"어머, 나쁜 의도로 말한 게 아닌데요. 물론 이제는 친구 사이지요. 꼭 우리를 만나러 오세요. 이제 저는 가봐야겠네요. 안 그러면 아버지가 앞으로 일을 맡기시지 않을 거예요. 잘 가세요!"

"잘 가요!"

청년이 솜브레로 모자를 들어 올리면서 그녀의 작은 손 위로 몸을 숙였다. 루시는 말을 휙 돌려 채찍질하면서, 먼지 구름이 일어나는 넓은 길을 달려갔다.

청년 제퍼슨 호프는 동행들과 한마디 말도 없이 말을 달렸다. 그의 일행은 은광을 찾아 네바다 산맥에서 지내다가, 광맥 몇 개를 발견하고 개발 자금을 구할 목적으로 솔트레이크시티로 돌아가는 길이었다. 이제껏 그는 어느 광산업자보다 주도면밀했지만, 이 갑작스러운 사건으로 마음이 딴 데 쏠렸다. 시에라의 산들바람처럼 밝고 솔직하며 아리따운 아가씨를 보자, 청년은 화산이 분출하듯 격렬한 파동으로 심장에서부터 밑바닥까지 흔들렸다. 그녀가 시야에서 사라지자, 그는 인생에 위기가 왔음을 깨달았다. 은광 사업도, 어떤 문제도, 마음을 뺏겨버린 지금 이 상태로는 아무것도 할 수 없을 것만 같았다. 그의 가슴에서 샘솟는 사랑은 소년의 갑작스럽고 변덕스런 공상이 아니었다. 그것은 강한 의지와 꿋꿋한 기질을 가진 사내의 거칠고 강렬한 열정이었다. 그는 손대는 모든 일에서 성공을 거두는 데 익숙한 사람이었다. 그래서 인간의 노력과 끈기로 이룰 수 있는 일이라면 이번에도 성공시키겠노라 다짐했다.

그날 밤 그는 존 페리어를 찾아갔고, 이후 익숙한 손님이 될 정도로 자주 방문했다. 페리어는 농장에 틀어박혀 일에 매진하느라 지난 12년간 바깥세상 소식을 들을 기회가 없었다. 제퍼슨 호프는 그런 그에게 별별 이야기를 들려주었고, 그의 뛰어난 말솜씨에 존 페리어뿐 아니라 루시도 흥미를 느꼈다. 제퍼슨은 캘리포니아에서 개척자로 살아와서 혼란스런 황금 시대에 큰 재산을 얻고 잃는 기이한 이야기를 많이 알았다. 그는 정찰대원이자 사냥꾼, 은맥 탐사가, 목축업자 노릇도 했고, 흥미로운 모험이 생겨나면 그곳에 가서 모험을 했다. 점점 존 페리어는 청년을 총애하고 칭찬을 늘어놓았다. 그럴 때면 루시는 말은 안 해도 눈에 띄게 얼굴을 붉히고 눈을 반짝여서, 마음을 빼앗긴 기색이 역력했다. 고지식한 아버지는 이런 기미를 눈치 못 챘지만, 그녀도 청년에게 마음이 뺏긴 것은 분명했다.

어느 여름 저녁, 제퍼슨은 말을 타고 길을 내려와 대문

앞에 멈추었다. 루시가 현관에 서 있다가 그를 만나러 내려왔다. 제퍼슨은 고삐를 울타리에 걸고 성큼성큼 통로를 올라갔다. 그가 루시의 양손을 잡고 얼굴을 가만히 응시하면서 말했다.

"난 떠나요, 루시. 당장 같이 가자고 청하지 않을게요. 하지만 다시 여기 올 때는 나와 같이 갈 채비를 해줄래요?"

"그게 언제인데요?" 루시가 얼굴을 붉히고 웃으면서 물었다.

"두어 달쯤 떠나 있을 거예요. 그때 와서 당신을 데려 갈게요, 내 사랑. 누구도 우리 사이를 막지 못해요."

"그럼 아버지는 어쩌고요?" 그녀가 물었다.

"광산 일을 제대로 마무리하면 아버님도 승낙하겠다고 하셨어요. 난 그 부분은 걱정하지 않아요."

"아, 잘됐네요. 당신이랑 아버지가 얘기를 마쳤다면, 당연히 더 말할 것도 없지요." 그녀는 제퍼슨의 넓은 가슴에 뺨을 대고 속삭였다.

"다행이에요!" 그가 쉰 소리로 말했다. 제퍼슨이 몸을 굽혀 그녀에게 키스했다. 그가 말을 이었다. "그럼 약속한 거예요. 여기 있을수록 떠나기가 더 힘들겠네요. 일행이 계곡에서 날 기다려요. 잘 있어요, 내 사랑, 안녕. 두 달 후에 만나요."

그는 루시를 품에서 떠나보내며 말하고는 말에 올라 힘차게 달려갔다. 뒤도 돌아보지 않았다. 두고 가는 연인을 쳐다보면 결심이 물거품이 될까 겁나기라도 하는 듯이. 루시는 대문에 서서 그의 뒷모습이 보이지 않을 때까지 바라보았다. 그러다가 다시 집으로 들어갔다. 유타에서 이보다 행복한 처녀가 또 있었을까.

3

존 페리어와 선지자의 대화

제퍼슨 호프와 동료들이 솔트레이크시티를 떠난 지 3주가 지났다. 존 페리어는 제퍼슨이 돌아와 루시를 데려갈 생각을 하면 가슴이 미어졌다. 하지만 루시의 밝고 행복한 얼굴을 보고 있노라면 그들의 결혼을 축복해줄 수밖에 없었다. 존 페리어는 무슨 일이 있어도 딸을 모르몬교도와 혼인시키지 않겠노라 늘 다짐했다. 그의 생각에 다처제는 올바른 결혼이 아닌 수치고 굴욕이었다. 그가 모르몬교리를 어떻게 생각하든 이 하나만은 타협의 여지가 없었다. 하지만 이런 이야기는 함구해야 했다. 그 무렵 성도들의 땅에서 이단적인 의견을 밝히는 것은 매우 위험천만한 일이었다.

그랬다, 위태로운 일이었다. 아무리 신앙을 굳게 믿는 사람일지라도 종교적인 의견을 밝힐 때는 숨죽여 속삭였다. 입 밖에 내는 말이 행여 오해를 불러 즉시 응징당하는 꼴을 면하기 위해서였다. 박해받던 피해자들이 이제 스스로 박해자가 되어, 천하에 다시없을 핍박을 가했다. 유타 주에 구름을 드리운 조직은 일사분란한 점으로 보면 세비야 종교재판소, 중세 독일의 비밀형사법정, 이탈리아 비밀결사조직을 능가했다.

보이지 않는다는 점과 비밀스럽다는 점이 이 조직을 두 배로 공포스럽게 만들었다. 조직은 모르는 게 없고 못 하는 일이 없는 듯했지만, 그 조직에 관해서는 아무것도 보지도 듣지도 못했다. 교회에 맞서는 사람은 소리 소문 없이 사라졌고, 어디로 갔는지 어떤 일을 당했는지 오리무중이었다. 아내와 자식들이 기다리는 집으로 돌아온 사람은 없었고, 비밀심판자들에게 무슨 일을 당했는지 알 수도 없었다. 경솔한 말이나 무모한 행동에는 처벌이 뒤따랐지만, 그들의 목숨을 쥔 무서운 세력의 실체는 전혀 알려지지 않았다. 모두 겁을 먹고 벌벌 떨었다. 당찬 사람들조차 마음을 짓누르는 의심들을 발설하지 못하는 게 당연했다.

당초 이 무서운 권력은, 모르몬교리를 받아들였다가 왜곡하거나 저버린 배교자들에게만 행사되었다. 하지만 차츰 대상이 넓어졌다. 성인 여자의 수가 점점 줄어들었다. 그리고 여자의 수가 적은 상황에서 일부다처제는 실효성 없는 교리였다. 곧이어 이상한 소문들이 퍼지기 시작했다. 인디언들이 나타난 적 없는 지역에서 이주자들이 살해되고, 야영지가 약탈당했다는 소문, 장로들의 안채에 처음 보는 여인들이 나타났는데 그들은 슬픔에 겨워 흐느꼈고, 얼굴에는 지울 수 없는 공포의 흔적이 남아 있었다는 소문이 나돌았다. 또 밤늦게 산속을 다닌 사람들은, 어둠 속에서 가면을 쓰고 무장한 사내들이 조용히 움직여 획 지나갔다고 말했다. 이런 말과 소문이 점점 구체화되고, 내용이 점점 덧붙여지다가 마침내 조직의 이름까지 생기게 되었다. 오늘날까지 외진 서부 지역에서 '비밀 결사단'이나 '복수의 천사들'은 끔찍하고 불길한 이름이다.

이 소름 끼치는 일을 자행하는 조직에 대해 알려질수록, 사람들의 마음에 두려움이 줄어들기는커녕 더 커졌다. 이 무자비한 단체에 누가 소속되었는지 아무도 몰랐다. 누가 신앙의 이름으로 피와 폭력이 얼룩진 처결을 자행하는지 철저히 비밀에 부쳐졌다. 혹시라도 친구에게 선지자와 소임에 대한 의구심을 털어놓는 순간, 바로 그 친구가 밤에 불과 칼을 들고 와서 무서운 처벌을 가할지도 모를 일이었다. 그래서 누구나 이웃을 두려워했고 속내를 드러내는 말은 하지 않았다.

어느 화창한 아침, 존 페리어는 들녘에 나가려고 채비를 하던 중 '딸깍' 하고 빗장이 열리는 소리를 들었다. 창문을 내다보니, 노란 머리의 건장한 중년 사내가 통로를 올라오고 있었다. 페리어는 가슴이 터질 것 같았다. 다름 아닌 브리검 영 회장이었다. 이런 방문은 좋은 조짐이 아님을 예감한 페리어는 문으로 달려 나가 모르몬교 수장을 맞이했다. 하지만 브리검 영은 쌀쌀맞게 인사를 받고 굳은 표정으로 응접실로 따라들어 왔다.

그는 자리에 앉자, 노란 속눈썹을 내리깔고 페리어를 응시하면서 말했다. "페리어 형제, 진실한 신도들은 그대에게 좋은 친구가 되어주었소. 우리는 사막에서 굶어 죽어가는 형제를 구제해서 음식을 나눠주고, 안전하게 '선택받은 이 땅'으로 데려와 좋은 땅을 넉넉히 주고, 우리 보호하에서 점점 부유해지게 해주었소. 그렇지 않소?"

"맞습니다." 존 페리어가 대답했다.

"이 모든 은혜의 보답으로 우리는 딱 한 가지 요구만 했소. 형제가 진정한 믿음을 끌어안아야 하며, 매사 신앙을 지켜야 된다는 것이었소. 형제는 그렇게 하겠노라 약속했지만, 성도들의 보고가 사실이라면 약속을 어긴 것이나 다름없소."

"제가 약속을 어겼다니요? 제가 공동 기금을 안 냈습니까? 성전 모임에 빠졌습니까? 제가……." 페리어는 답답해서 손을 뻗으면서 물어댔다.

브리검 영이 두리번거리면서 말했다. "형제의 아내들은 어디 있소? 인사할 수 있게 그들을 부르시오."

페리어가 대답했다. "제가 결혼하지 않은 것은 맞습니다. 하지만 여인들이 별로 없는 데다 저보다 사정이 급한 이들이 많았죠. 저는 독거인이 아니었지요. 필요한 것들을 살펴줄 딸이 있었으니까."

모르몬교 수장이 말했다. "바로 그 딸에 대해 형제랑 이야기하고 싶소. 그 아이는 유타의 꽃으로 성장했고, 여러 고위직 인사들이 예쁘게 보고 있소."

존 페리어는 속으로 한탄했다.

"그 아이에 대해 차마 믿기 힘든 풍문이 돌고 있소. 어느 이교도와 혼인을 약조했다더군. 설마, 할 일 없는 자들이 지껄이는 헛소리겠지. 시성되신 조지프 스미스의 법 중 열세 번째 조항은 어쩌고? '모든 신실한 처녀는 하느님이 선택하신 자와 결혼하라. 처녀가 이교도와 혼인하는 것은 중죄를 범하는 것이다.' 이러하니 신성한 교리를 공언하는 형제가 딸이 법을 어기게 방치하는 것은 있을 수 없는 일이오."

존 페리어는 대답하지 않고 초조하게 승마용 채찍을

만지작댔다.

"이 한 가지 사항으로 형제의 신앙 전체가 시험받을 거요. '거룩한 4인 평의회'에서 그렇게 결정했소. 아가씨가 젊으니, 늙은이와 결혼시키지는 않을 거고 그녀의 선택권을 몰수하지도 않을 거요. 우리 장로들은 젊은 여인들을 많이 거느리고 있지만, 우리 자식들도 여인들을 얻어야 하오. 스탠거슨은 슬하에 아들이 하나 있고 드레버도 외아들이 있으니, 둘 다 형제의 딸을 식솔로 들인다면 쌍수 들어 환영할 거요. 둘 중 누구에게 갈지는 형제의 딸이 결정하게 하시오. 두 아이 모두 젊고 부유하고 신앙심이 깊소. 형제의 생각은 어떻소?"

페리어는 양미간을 찌푸린 채 잠시 침묵을 지켰다.

마침내 그가 입을 열었다.

"저희에게 시간을 좀 주십시오. 제 딸은 아주 어립니다. 아직 혼기가 차지 않았는지라."

브리검 영이 자리에서 일어나면서 말했다. "그 아이에게 선택할 시간을 한 달 주겠소. 한 달 후에는 답을 해야 될 거요."

그는 문을 빠져나가다가 몸을 돌렸다. 그의 얼굴이 일그러지며 눈빛이 번뜩였다. 모르몬교 회장이 말했다.

"'거룩한 4인'의 명령을 어기느니, 차라리 시에라블랑코에서 백골로 뒹굴고 있는 편이 나았을 거요!"

영 회장은 위협적인 손짓을 하면서 몸을 돌렸다. 자갈길에서 저벅저벅 무거운 발소리가 났다.

페리어가 무릎에 팔을 괴고 앉아 루시에게 이 일을 알릴 방법을 고심 중일 때, 어깨를 살포시 잡는 손길이 느껴졌다. 고개를 드니 앞에 딸이 서 있었다. 겁에 질린 표정과 창백한 얼굴에서 그녀가 이 대화를 들었다는 게 단박에 드러났다.

루시는 그의 눈길에 답하듯 말했다. "어쩔 수가 없었어요. 그의 목소리가 집 전체에 울렸거든요. 아, 아버지. 아버지, 이제 어쩌죠?"

그는 투박한 손으로 딸의 밤색 머리를 매만지면서 말했다. "겁내지 말거라. 어떻게든 해결해 봐야지. 그 청년을 좋아하는 마음은 여전히 변함없는 거냐?"

루시는 흐느끼면서 아버지의 손을 꼭 쥐는 것으로 대답을 대신했다.

"암, 그렇겠지. 내가 괜한 걸 물었구나. 좋은 젊은이인데다 크리스천이니 여기 사람들보다 낫지. 여기서는 만날 기도하고 설교해도 아무 짝에도 쓸모없지. 내일 네바다로 출발하는 무리가 있으니 호프에게 서신을 보내 상

황을 알리마. 내가 보기에 그 사람은 전보보다 더 빨리 돌아올 거다."

루시는 눈물을 짓다가 아버지의 표현을 듣고 웃었다.

"그이가 돌아오면 최선의 방도를 알려줄 거예요. 그런데 제 걱정은 아버지예요. 선지자와 맞서거나 말을 거역하면, 반드시 험한 일을 당하니까요."

아버지가 대답했다. "우리는 아직 선지자와 맞서지 않았어. 맞서는 것은 만반의 준비가 된 후에나 할 수 있겠지. 우리에겐 이제 한 달이 남았어. 한 달이 지난 후에는 유타에서 빠져나가는 게 최선일 거다."

"유타를 떠난다고요?"

"그래야 될 거야."

"하지만 농장은 어쩌고요?"

"돈으로 챙길 수 있는 만큼 최대한 챙기고 나머지는 놔두고 갈 수밖에. 루시, 솔직히 말하면 이런 생각을 한 게 처음은 아니란다. 난 이곳 사람들이 선지자란 위인한테 굽실거리는 것처럼 남에게 조아리기 싫다. 난 자유인으로 태어난 미국인이라 이런 건 생소하거든. 새로 배우기에는 너무 늦은 거지. 그자가 또 농장 주위를 어슬렁대면 맞은편에서 날아가는 총탄을 맞게 될 거야."

"하지만 저들이 우리를 떠나게 두지 않을 거예요." 딸이 딴죽을 걸었다.

"기다려봐라, 제퍼슨이 오면 일처리가 될 테니. 그때까지 안달복달하지 말거라, 아가. 눈이 퉁퉁 부어도 안 된다. 네가 그런 걸 보면 그자가 날 가만두지 않을 거야. 겁먹을 것도 없고 위험할 것도 없다."

존 페리어는 자신 있는 말투로 달랬지만, 루시는 그날 밤 그가 각별히 문단속하는 것을 알아차렸다. 또 그는 침실 벽에 걸어둔 녹슬고 낡은 엽총을 찬찬히 닦고 총탄을 장전했다.

4

목숨을 건 도주

모르몬교 선지자와 면담을 한 이튿날 아침, 존 페리어는 솔트레이크시티 시내로 들어갔다. 그리고 네바다 산맥으로 떠나는 지인을 찾아가서, 제퍼슨 호프에게 보내는 서신을 맡겼다. 그들을 위협하는 목전의 위태로운 상황과 당장 돌아와주는 게 급선무라는 내용이었다. 서신을 전하고 나자 페리어는 한결 편안해져서, 가벼운 마음으로 집으로 돌아왔다.

농장에 다다르자 대문의 양 기둥에 말들이 매여 있어 그는 깜짝 놀랐다. 집에 들어갔을 때 응접실을 차지한 두 청년을 보자 더 크게 놀랐다. 파리하고 갸름한 얼굴의 청년은 흔들의자에 앉아 벽난로에 발을 올리고 있었다. 목이 굵고 상스럽고 거만한 얼굴의 청년은, 주머니에 손을 넣고 창 앞에 서서 유명한 찬송가를 흥얼거리고 있었다. 페리어가 들어가자 두 사람 다 목례를 했다. 흔들의자에 앉은 청년이 말문을 열었다.

"저희가 누군지 모르시지요. 여기 이 친구는 드레버 장로의 아들이고 저는 스탠거슨 장로의 아들입니다. 사막에서 주께서 형제님에게 손을 뻗어 진실한 무리 속으로 인도하실 때 제가 함께 있었습니다."

"주께서 좋다 여기시는 때에 모든 형제들을 구원하실 겁니다. 하늘이 무심한 듯 보이지만, 빠짐없이 살피실 것입니다." 다른 청년이 코맹맹이 소리로 읊조렸다.

존 페리어는 냉정하게 인사를 했다. 이 방문객들이 누구이고, 무슨 일로 왔는지 짐작이 갔기 때문이다.

스탠거슨이 말했다. "저희 중 누구든 형제님과 따님에게 적합한 사람이 청혼하라는 양가 부친의 조언에 따라 찾아왔습니다. 저는 아내가 겨우 넷이고, 여기 드레버 형제는 일곱이니 제가 나서는 게 더 적합할 겁니다."

드레버가 말했다. "아니, 아니지요, 스탠거슨 형제. 아내가 몇이냐가 아니라 몇이나 건사할 수 있느냐가 관건이지요. 부친에게 방앗간을 물려받은 내가 형편이 더 낫고요."

스탠거슨이 다급하게 말했다. "하지만 전망은 내가 더 밝지요. 주께서 부친을 거두어가시면, 무두질공방과 가죽공장이 제 수중에 들어옵니다. 또 내가 당신보다 연장자인 데다 교회에서 서열도 높지요."

"어쨌거나 아가씨가 결정할 테지요. 그녀에게 모든 결정을 맡기자구요." 드레버가 거울에 비친 자기 모습을 보고 히죽대면서 말했다.

존 페리어는 이런 대화가 오가는 것을 들으며 문간에 서서 분개했다. 두 불청객의 등에 채찍을 휘두르고 싶었지만 간신히 참았다.

마침내 그가 두 사람에게 다가서면서 말했다. "이것들 보시오. 내 딸이 부르면 그때 오면 될 거요. 하지만 그 전에 다신 그 상판들을 보고 싶지 않군."

두 모르몬교도 청년은 놀라서 그를 빤히 보았다. 그들이 보기에 둘이 처녀를 두고 실랑이하는 것은 부녀 모두에게 더없는 영광이었기 때문이다.

페리어가 소리쳤다. "방에서 나가는 방법은 두 가지요! 저기 문이 있고, 저기 창문이 있소. 어느 쪽을 이용하고 싶소?"

페리어가 험악한 얼굴로 세차게 팔을 휘두르자 꽤 위협적으로 보였는지 두 방문객은 벌떡 일어나 부랴부랴

물러갔다. 페리어는 그들을 쫓아 현관으로 나갔다.

"결국, 문 쪽으로 정했군. 진작 말을 할 것이지." 그가 비꼬듯 말했다.

스탠거슨이 부아가 나서 쏘아붙였다. "이 일을 후회하게 될 거요! 당신은 선지자와 4인 평의회에 반항했소. 목숨이 끝나는 날까지 후회할 거요."

드레버가 외쳤다. "주님의 준엄한 처분을 받을 거야. 그분이 일어나 당신을 단단히 혼내실 거야!"

"허면 내가 먼저 혼내야겠군." 페리어가 발끈해서 소리쳤다. 루시가 팔을 잡아 만류하지 않았으면 그는 위층에 뛰어올라가 총을 가져왔을 터였다. 그가 딸의 손을 뿌리치기도 전에 말발굽 소리가 났다. 두 청년은 말에 올라타 재빨리 달아났다.

페리어는 이마의 땀을 닦으면서 말했다. "덜 떨어진 못돼먹은 불한당들! 네가 둘 중 한 놈의 배필이 되는 걸 보느니 차라리 죽는 꼴을 보는 게 낫겠다."

루시가 열을 내며 대답했다. "저도 마찬가지예요, 아버지. 하지만 곧 제퍼슨이 여기 올 거예요."

"그래. 얼마 안 있어 올 거다. 빠를수록 좋을 텐데. 이제 어쩌면 좋을지 모르겠으니 말이다."

실제로 조언과 도움을 줄 제퍼슨 호프가 고집스런 늙

은 농부와 양녀를 구하러 와야만 할 때였다. 이 마을 역사상 장로들의 권위에 이만큼 불복종한 사례는 없었다. 작은 실수만으로도 엄벌을 받는 판국에 이런 반항은 어떤 결과를 초래할까. 페리어는 부와 지위도 소용없으리란 걸 알았다. 페리어만큼 유명하고 부유한 이들도 쥐도 새도 모르게 제거되고, 그들의 재산은 교회로 넘겨지는 판이었다. 그는 용감한 사람이었지만, 보이지 않는 공포가 엄습하자 불안했다. 익히 아는 위험에는 이를 악물고 대처할 수 있지만 이런 불안감은 몹시 애가 탔다. 하지만 딸에게는 두려움을 숨겼고, 대수롭지 않은 척했다. 그런데 루시는 아버지의 불안한 마음을 이미 알아채고 있었다. 페리어는 이 처신과 관련해 브리검 영에게 연락이나 항의를 받으리라 각오했다. 추측이 틀리지 않았지만 일은 예상치 못한 방식으로 벌어졌다. 다음 날 아침 그는 잠자리에서 일어나서 깜짝 놀랐다. 가슴을 덮은 이불보에 작고 네모난 종이가 핀으로 꽂혀 있었다. 종이에는 굵은 글씨가 꼬불꼬불하게 쓰여 있었다.

생각할 시간을 29일 주겠다. 이후에는…….

말줄임표는 어떤 협박보다도 공포감을 주었다. 이 경

고문이 어떻게 침실에 나붙을 수 있었는지 의아했다. 바깥채에서 하인들이 잤고 모든 문과 창문을 철저히 단속하지 않았나. 페리어는 종이를 재빨리 구겨버리고 딸에게 함구했지만 가슴이 철렁했다. 29일은 선지자가 준 한 달 말미에서 남은 날수임이 확실했다. 어떤 힘이나 용기도 이런 불가사의한 능력을 가진 적에게는 통하지 않는다. 핀을 꽂은 손은 그의 심장을 멎게 할 수도 있었고, 페리어는 누구의 손에 죽는지도 모르고 죽었을 터였다.

다음 날 더 오싹한 일이 벌어졌다. 아침 식사를 하려고 앉았을 때, 루시가 비명을 지르면서 위를 가리켰다. 천장 가운데 그을린 막대기로 쓴 '28'이라는 숫자가 있었다. 루시는 그 의미를 몰랐고 페리어는 알려주지 않았다. 그날 밤 그는 총을 들고 부단히 경계했다. 아무것도 보고 듣지 못했지만, 다음 날, 문밖에 큼직하게 '27'이라고 적혀 있었다.

그렇게 하루가 지나갔고, 아침이면 보이지 않는 적들은 계속 한 달의 말미 중 남은 날수를 눈에 띄는 곳에 적어 흔적을 남겼다. 운명의 숫자는 때로 벽에, 가끔은 바닥에 적혔고, 정원 문이나 난간에도 벽보가 자주 붙었다. 존 페리어는 세심하게 경계했지만, 출처를 파악할 수가 없었다. 경고문을 보자 공포가 밀려들었다. 그는 수척해

지고 안절부절못했으며, 그의 눈빛은 쫓기는 자의 고통스러운 그것으로 변했다. 이제 생의 희망은 딱 하나, 네바다에서 사냥꾼 청년이 도착하는 것밖에 없었다.

20일이 15일로, 15일이 10일로 줄었지만, 제퍼슨 호프는 감감무소식이었다. 숫자가 하나씩 줄어가는데도 여전히 그는 코빼기도 보이지 않았다. 말을 탄 사람이 도로를 내려오거나 마부가 일행에게 소리칠 때마다, 늙은 농부는 마침내 도움의 손길이 당도했다고 생각하고 부리나케 대문으로 갔다. 결국 5일이 4일, 다시 3일로 줄자 그는 의기소침해져서 탈출의 희망을 완전히 포기했다. 도와줄 사람이 없고, 주변 산세를 속속들이 모르기에 도망칠 방도가 없음을 그는 알았다. 통행이 많은 도로일수록 감시와 경계가 엄격했고, 평의회의 허락 없이 아무도 통과하지 못했다. 그가 어디로 향하든 위험을 피하는 것은 불가능해 보였다. 하지만 딸에게 치욕적인 혼사에 동의하느니 목숨을 버리겠다는 굳은 결심은 흔들리지 않았다.

어느 날 밤, 그는 홀로 앉아 괴로운 상황을 깊이 고민하면서 부질없이 해결 방안을 모색했다. 그날 아침 벽에 '2'라는 숫자가 적혀 있었고, 다음 날은 남아 있는 마지막 날이었다. 이제 어떤 일이 벌어질까? 별별 생각이 머릿속에 들어찼다. 그리고 딸은…… 그가 없으면 루시는 어떻게 될까? 보이지 않는 그물망에서 달아날 방도는 정녕 없을까? 페리어는 탁자에 머리를 대고 무능을 자책하며 흐느꼈다.

무슨 소리지? 적막 속에서 문 두드리는 소리가 났다. 적막한 밤중에 나직하지만 아주 선명히 들렸다. 현관문에서 나는 소리였다. 페리어는 살그머니 현관 복도로 나가 귀를 기울였다. 한동안 잠잠한가 싶더니 나직하지만 명확한 소리가 다시 들렸다. 누군가 문의 널빤지를 조심

조심 두드리는 소리였다. 비밀법정의 살해 명령을 수행하러 온 한밤의 암살자일까? 아니면 말미의 마지막 날을 표시하러 온 요원일까? 페리어는 온 신경을 세게 흔들고 심장을 멎게 하는 불안을 겪느니 당장 죽는 게 낫겠다 싶었다. 그가 앞으로 나가 빗장을 풀고 문을 활짝 열었다.

집 바깥은 사방이 평온하고 조용했다. 밤하늘에 별이 총총했다. 울타리와 문이 달린 작은 앞뜰이 눈에 들어왔지만, 사람 그림자 하나 얼씬하지 않았다. 그는 안도의

한숨을 쉬면서 좌우를 두리번대다 우연히 발아래를 힐끗 보았다. 놀랍게도 그곳에는 사람이 얼굴을 땅에 박고 큰 대자로 엎드려 있었다.

페리어는 혼비백산해서, 벽에 몸을 기대고 손으로 목을 눌러 비명을 막았다. 처음에는 엎드린 사람이 다쳤거나 죽어가는 줄 알았지만, 그는 뱀처럼 꿈틀꿈틀 기어 잽싸게 조용히 현관 복도로 들어왔다. 일단 집 안으로 들어오자 사내는 일어나서 문을 닫고, 어리둥절한 농부에게 얼굴을 보였다. 바로 제퍼슨 호프였다. 그의 표정은 '날카롭고 단호해 보였다.' 존 페리어가 말했다.

"하느님 맙소사! 얼마나 겁이 났는지 아나! 왜 이렇게 들어왔는가?"

"음식 좀 주세요. 꼬박 이틀 동안 아무것도 먹지 못하고 달려왔습니다." 청년이 쉰 목소리로 말했다. 그는 주인이 저녁 때 식탁에 남겨둔 찬 고기와 빵을 냉큼 집어 게걸스럽게 먹었다. 허기를 면하자 제퍼슨이 물었다. "루시가 잘 견디고 있습니까?"

"그렇네. 그 아이는 위험을 모른다네." 존 페리어가 대답했다.

"잘됐군요. 이 집은 사방에서 감시받고 있습니다. 제가 기어서 들어온 것도 그 때문입니다. 저들이 아무리 눈치가 빨라도 금광 사냥꾼을 잡기엔 충분치 않죠."

믿음직한 동지가 생겼다는 것을 알자, 페리어는 다른 사람이 된 기분이었다. 그는 청년의 가죽 같은 손을 잡아 다정하게 꽉 쥐었다. "참으로 기특하군. 이런 위험과 고충을 나눠지겠다고 올 사람은 흔치 않은데."

젊은 사냥꾼이 대답했다. "제대로 보셨습니다. 저는 어르신을 존경하지만, 어르신만의 일이라면 시끄러운 소동에 끼어들기 전에 다시 생각할 겁니다. 제가 뛰어든 것은 루시 때문입니다. 유타에서 호프 집안 사내 하나가 죽기 전에는 루시에게 해를 입히지 못할 겁니다."

"이제 어떻게 해야 하나?"

"내일이 마지막 날이니, 오늘 밤에 조치를 취하지 않으면 속수무책이 됩니다. 제가 이글 계곡에 노새 한 마리와 말 두 필을 대기시켰습니다. 갖고 계신 돈이 얼마나 됩니까?"

"금으로 2천 달러와 지폐로 5달러."

"그 정도면 될 겁니다. 저도 그만큼 보탤 수 있습니다. 산맥을 지나 카슨시로 가야 됩니다. 루시를 깨우는 게 좋겠군요. 하인들이 안채에서 자지 않아 다행입니다."

페리어가 딸에게 여행 채비를 시키러 간 사이, 제퍼슨 호프는 눈에 띄는 먹거리를 다 챙기고, 오지 단지에 물을 담았다. 산에 샘이 드문드문 있다는 것을 경험상 알고 있기 때문이었다. 그가 준비를 거의 마쳤을 때 페리어가 딸을 데리고 돌아왔다. 루시는 옷을 입고 출발할 채비를 마쳤다. 연인은 애틋한 인사를 잠깐 나누고는 아쉬운 만남을 뒤로하고 한시바삐 서둘렀다.

"당장 출발해야 됩니다." 제퍼슨 호프가 낮지만 단호한 목소리로 말했다. 얼마나 위태로운 일인지 알지만 맞서겠노라 단단히 각오한 말투였다. 그가 말을 이었다. "앞문과 뒷문은 감시를 받고 있지만, 조심스럽게 옆 창문으로 나가 들판을 가로지르면 될 겁니다. 일단 큰길에 올라서면 말을 매어둔 계곡까지 3킬로미터 남짓입니다. 동틀 녘이면 우리는 산맥을 절반쯤 지났을 겁니다."

"제지당할 경우에는 어쩌지?" 페리어가 물었다.

호프는 셔츠 앞자락에 삐죽 나온 권총의 개머리판을 치면서 대꾸했다. "우리에 비해 저쪽 수가 많다 싶으면 두세 명 데리고 가죠." 그가 악동같이 웃으면서 말했다.

집 안의 불을 다 끄고, 페리어는 어두운 창에서 들녘을 내다보았다. 여태 그가 피땀 흘려 일궈낸 소중한 결실, 이제는 영영 보지 못할 농토였다. 오래전부터 희생을 각오했던 터라 재산을 포기하는 것은 어쩔 수 없었지만, 딸의 명예와 행복을 포기하는 것은 아쉬움이 남았다. 조심스럽게 바스락대는 나무와 넓은 농지가 고즈넉하고 편안해 보여서, 사방에 드리운 살인의 기운이 좀체 감지되지 않았다. 하지만 젊은 사냥꾼의 겁에 질린 얼굴과 굳은 표정은 확실히 위협적인 무엇인가를 목격했음을 알려주었다.

페리어는 금과 지폐가 담긴 주머니를 들었고, 제퍼슨 호프는 얼마 안 되는 음식과 물을 챙겼다. 루시는 귀중품 몇 가지가 담긴 작은 보따리를 들었다. 창문을 아주 천천히 조심스레 열고, 검은 구름이 밤을 뿌옇게 물들이기를 기다렸다가 한 사람씩 작은 정원으로 나갔다. 세 사람은 숨을 죽이고 웅크린 채 비척비척 정원을 지났고, 산울타리를 피난처 삼아 빙 돌아서 마침내 옥수수 밭으로 통하는 틈새로 갔다. 이 지점에 막 도착했을 때, 제퍼슨이 두 사람을 붙잡아 그늘 속으로 끌어당겼고, 다들 거기서 기척 없이 벌벌 떨었다.

제퍼슨이 초원에서 살면서 살쾡이 같은 눈과 귀를 가진 게 다행이었다. 세 사람이 쭈그려 앉자마자 몇 미터 거리에서 산부엉이의 서글픈 울음이 들렸고, 곧 가까이에서 다른 부엉이가 울음으로 화답했다. 그와 동시에 그들이 들어가려던 틈새에서 뿌연 그림자가 나타나더니, 다시 신호를 외쳤고 그 소리에 어디선가 다른 사람이 불쑥 나왔다.

"내일 자정에 쏙독새가 세 번 울 때다." 상관으로 보이는 첫 번째 사내가 말했다.

다른 사람이 대꾸했다. "알겠습니다. 드레버 형제에게 알릴까요?"

"그에게 알리면, 그가 나머지에게 알린다. 9에서 7!"

"7에서 5!" 상대가 말했고, 두 사람은 다른 방향으로 흩어졌다. 그들이 마지막에 한 말은 신호와 응답 암호임이 분명했다. 멀리서 발소리가 잦아들자마자, 제퍼슨이 벌떡 일어나 두 사람이 틈새를 지나게 돕고 최대한 빨리 들판을 지나도록 이끌었다. 그는 루시가 기운이 빠지자 안다시피 부축했다.

이따금 그가 말했다. "얼른요! 얼른! 우리가 지나는 길에 보초들이 늘어서 있습니다. 모든 게 속도에 좌우됩니다! 서두르세요!"

일단 큰길에 올라서자 세 사람은 속도를 냈다. 한 차례 누군가를 만났지만, 얼른 들판으로 들어가서 상대의 눈에는 띄지 않았다. 어둠 속에서 뾰족한 검은 봉우리 두 개가 빛났다. 봉우리들 사이에 난 오솔길이 이글 협곡이었다. 거기에서 말들이 대기 중이었다. 제퍼슨은 한 치의 착오도 없는 직감에 의지해서 거대한 바위들 사이를 지나 말라붙은 물길 바닥을 따라 올라갔다. 마침내 바위들로 가려진 외진 구석에 이르자, 거기 믿음직한 말들이 매여 있었다. 루시는 노새 등에 탔고 페리어는 돈 주머니를 들고 말에 탔다. 제퍼슨은 또 다른 말을 타고 가파르고 위태로운 산길로 두 사람을 이끌었다.

거칠디 거친 자연과 부딪치며 살아온 사람이 아니면 험난한 길이었다. 한쪽으로는 검은색의 험준한 바위가 2백 미터 이상 사납게 우뚝 솟고, 울퉁불퉁한 노면에 긴 현무암 기둥들이 괴물 화석의 갈빗대처럼 튀어나와 있었다. 다른 쪽은 큰 바위와 작은 돌들이 뒤죽박죽 섞여서 걷기가 힘들었다. 그사이로 구불구불 난 길은 군데군데 좁아서 한 줄로 서서 지나야 했고, 말을 잘 타는 사람이나 지날 수 있을 만큼 험했다. 하지만 이러한 위험이 도사리고 있는 와중에도 도망자들의 마음은 가벼웠다.

한 걸음 옮길 때마다, 무서운 독재의 마수에서 그만큼 멀어졌으니까. 하지만 그들은 아직 성도들의 관할권 안에 있었다. 가장 험하고 외진 곳에 도착했을 때, 루시가 위를 가리키면서 놀라 소리쳤다. 산길이 내려다보이는 바위에 또렷한 검은 형체가 하늘을 등지고 서 있었다. 세 사람이 혼자 서 있는 보초병을 본 순간, 그도 그들을 보았다. "거기 누구요?" 고요한 산길에 암구호가 울려 퍼졌다.

"네바다로 가는 여행자들입니다." 제퍼슨이 대답하면

서, 안장 옆에 달린 총에 손을 뻗었다.

세 사람은 보초병이 총을 만지작대는 것을 볼 수 있었다. 그는 대답을 미심쩍어하며 그들을 내려다보았다.

보초병이 물었다. "누구의 허가를 받았소?"

"거룩한 4인회." 페리어가 대답했다. 모르몬교를 경험하면서 그들이 최고 권위자라는 것을 알게 되었다.

"9에서 7." 보초병이 외쳤다.

"7에서 5." 제퍼슨 호프가 아까 뜰에서 엿들은 암호를 떠올리고 얼른 대답했다.

"통과하시오. 주님이 함께하시기를." 위에서 보초병이 말했다. 이 지점을 지나자 길이 넓어져 말들이 빨리 걸을 수 있었다. 뒤돌아보니 보초병이 총에 기대서 있는 게 보였다. 세 사람은 모르몬교도들의 마지막 초소를 통과했고 이제 그들의 앞날에 자유가 충만할 것이라는 기대와 안도감에 마음이 한결 편안해졌다.

5

복수의 천사들

밤새 좁은 길들이 얽히고설켰고, 구불구불한 돌투성이 산길들을 걸었다. 두어 차례 길을 잃었지만 제퍼슨이 산세를 잘 아는 덕분에 다시 길을 찾을 수 있었다. 새벽이 밝자 투박하지만 놀랍게도 아름다운 풍경이 펼쳐졌다. 사방으로 눈 덮인 거대한 봉우리들이 솟고, 능선 사이사이 먼 지평선이 보였다. 양쪽 바위벽이 가팔라서, 낙엽송과 소나무가 공중에 매달려 가벼운 바람에도 나무들이 머리 위로 떨어질 것 같았다. 그들이 지나갈 때 큰 돌이 굴러떨어졌고, 잠잠한 계곡에 덜걱대는 소리가 퍼지는 바람에 지친 말들이 놀라 뛰쳐나갔다.

　동쪽 지평선 위로 천천히 해가 돋자 거대한 산봉우리

들이 축제 점등식처럼 차례차례 환해지다가 전부 붉게 빛났다. 이런 장관을 보자 세 도망자는 기운이 났고 새로 힘을 얻었다. 협곡에서 물이 쏟아지는 곳에서 잠시 멈춰서, 말들에게 물을 먹이고 얼른 요기를 했다. 루시 부녀는 더 쉬고 싶었지만 제퍼슨이 야멸차게 재촉했다. "지금쯤 저들이 쫓아오기 시작했을 겁니다. 모든 게 속도에 달려 있습니다. 일단 카슨시에 무사히 들어가면 평생 쉴 수 있습니다."

그날 종일 세 사람은 어렵사리 산길을 헤치고 나아갔고, 저녁 무렵에는 적들로부터 50킬로미터쯤 떨어져 있을 것이라고 가늠했다. 밤이 되자 찬바람을 막아줄 우뚝 솟은 바위 밑을 골라, 옹기종기 모여 온기를 나누며 몇 시간 단잠을 잤다. 하지만 동이 트기 전에 깨서 다시 길을 나섰다. 추격의 기미가 전혀 보이지 않자, 제퍼슨은 적대적인 무서운 조직의 손아귀에서 제법 벗어났다고 생각하기 시작했다. 쇠심줄 같은 손길이 어디까지 뻗을 수 있는지, 얼마나 빨리 다가들어 그들을 박살낼지 그는 아직 잘 몰랐다.

도망 길에 오른 이튿날 정오경, 얼마 안 되는 식량이 바닥나기 시작했다. 하지만 사냥꾼인 제퍼슨은 불안하지 않았다. 산 중에는 사냥감이 있었고, 전에도 자주 총사냥을 해서 식량을 충당해왔기 때문이다. 그는 쉼터로 삼을 곳을 고르고, 두 사람이 몸을 녹일 수 있게 잔가지를 모아 모닥불을 피웠다. 해발 1500미터쯤 되니 공기가 차고 얼얼했다. 말들을 매어 두고 루시에게 인사를 한 후, 제퍼슨은 어깨에 총을 메고 뭐라도 잡으려고 출발했다. 돌아보니 페리어와 루시는 모닥불 앞에 웅크려 앉아 있었고, 말 세 마리는 뒤쪽에서 꼼짝 않고 있었다. 그러다가 점점 바위들이 시야를 가려서 그들이 보이지 않게 되었다.

제퍼슨은 계곡을 3킬로미터 남짓 걸었지만 사냥에 성공하지 못했다. 나무껍질에 난 흔적과 다른 표식들로 보면 인근에 곰이 많이 있을 것 같은데도 사냥을 못했다. 두세 시간 이 계곡, 저 계곡 성과 없이 걷다가 결국 낙담해서 돌아갈지 말지 고심하고 있을 때, 고개를 들다가 본 광경에 기뻐서 심장이 떨렸다. 백 미터쯤 위, 뾰족한 봉우리의 가장자리에 양과 비슷하지만 큼지막한 뿔이 달린 동물이 서 있었다. 큰뿔야생양은 다행히 반대쪽으로 가는 중이라 그를 알아채지 못했다. 그는 엎드려서 바위에 총을 걸치고, 오래 가만히 조준하다가 방아쇠를 당겼다. 큰뿔야생양이 솟구치더니 잠시 산봉우리 끝에서 비척대다 아래 계곡으로 떨어졌다.

양이 무거워서, 궁둥이 한쪽과 옆구리 일부만 잘라서

가져가는 걸로 만족했다. 해넘이가 시작되어서, 전리품을 어깨에 메고 돌아갈 길을 서둘렀다. 그런데 출발도 하기 전에 난관에 봉착했다. 사냥감을 찾는 데 정신이 팔려 아는 길에서 멀리 벗어나, 지나온 길을 되짚어가기가 쉽지 않았다. 그가 서 있는 협곡은 작은 골짜기로 갈라지고 거기서 또 길이 갈라졌고, 다 비슷비슷해서 어디가 어딘지 구분이 되지 않았다. 1~2킬로미터 걷다가 산 계곡의 급류가 나오자, 본 적이 없는 구역이라는 확신이 들었다. 길을 잘못 들었다고 믿고 다른 길로 걸어갔지만, 결과는 마찬가지였다. 어느덧 밤이 내렸고 거의 어두워진 무렵, 드디어 낯익은 산길에 접었다. 그런데도 길을 제대로 찾아가기가 쉽지 않았다. 아직 달이 뜨지 않은 데다 양쪽으로 절벽이 높이 솟아서 앞이 더 보이지 않았다. 짐도 무겁고 힘들게 다니느라 지쳤지만, 점점 루시에게 가까워지고 있고 남은 여행길에 먹을 식량을 가져간다는 생각을 하며 자신을 다독였다.

이제 두 사람을 두고 갔던 산길의 어귀에 접어들었다. 어둠 속에서도 주변 절벽들의 윤곽을 알아볼 수 있었다. 그가 떠난 지 다섯 시간이나 지났으니, 두 사람은 초조하게 기다리고 있을 터였다. 제퍼슨은 반가운 마음에 손나팔을 만들어, 돌아간다는 신호로 크게 '야호'라고 외쳤다.

그리고 가만히 서서 대답에 귀를 기울였다. 하지만 어둑어둑한 고요한 계곡에 퍼지는 그의 외침 외에는 아무 소리도 나지 않았다. 반복해서 메아리만 되돌아올 뿐이었다. 다시, 더 크게 고함을 질렀지만, 몇 시간 전 거기 있던 일행들은 기척조차 없었다. 두려움이 엄습하자, 그는 불안해서 귀한 사냥감을 내려놓고 정신없이 달려갔다.

모퉁이를 도니 모닥불을 피운 자리가 한눈에 들어왔다. 아직 잿더미가 타고 있었지만, 그가 떠난 후 불을 살피지 않았음이 분명했다. 죽음 같은 적막감이 사방에 깔려 있었다. 두려움이 확신으로 변하자 제퍼슨은 서둘렀다. 잔불 근처에는 산 것이라곤 하나도 없었다. 노인도, 처녀도, 말도 모두 흔적조차 없었다. 그가 떠난 사이 갑작스레 무서운 큰일이 일어났음이 분명했다. 모조리 없애고 흔적을 남기지 않은 큰일이.

이 엄청난 타격에 제퍼슨은 눈앞이 캄캄해지고 머리가 빙빙 도는 기분이라, 총에 기대 쓰러지지 않으려 애썼다. 하지만 워낙 행동력이 타고난 사람인지라 곧 정신을 차리고 일시적인 무력감에서 재빨리 빠져나왔다. 연기가 나는 잔불에서 반쯤 탄 나무를 집어 훅 불어보니 불꽃이 일어났다. 그는 이 불빛을 이용해 부근을 살폈다. 땅바닥에 잔뜩 찍힌 말 발자국은 말 탄 자들 여럿이 루시 부녀

를 덮쳤다는 뜻이었다. 발자국이 난 방향은 그들이 솔트
레이크시티로 돌아갔음을 짐작케 했다. 그들은 루시와
페리어, 둘 다 데려갔을까? 제퍼슨이 그랬을 거라고 자신
을 설득한 순간, 눈에 들어온 광경에 온몸의 신경이 곤두
섰다. 모닥불을 피운 자리 한쪽으로 좀 떨어진 곳에, 처
음 보는 봉긋한 붉은 흙더미가 있었다. 새로 생긴 무덤임
이 분명했다. 호프는 그곳으로 다가가다가 흙에 꽂힌 막
대기를 보았다. 막대기의 갈라진 틈새에 종이가 끼워져
있었다. 종이에는 짤막하지만 또렷하게 다음과 같이 적
혀 있었다.

존 페리어

솔트레이크시티 거주했음

1860년 8월 4일 사망

바로 몇 시간 전 거기 있던 강단 있는 노인이 사라졌으니 이것은 그의 묘비였다. 제퍼슨 호프는 무덤이 더 있는지 확인하려고 사방을 둘러봤지만 찾을 수 없었다. 악랄한 추격꾼들은 루시를 원래 운명대로 장로 아들의 부인으로 삼으려고 끌고 갔다. 그녀의 정해진 운명과 그것을 막지 못하는 자신의 무능을 깨닫자, 그는 페리어 옆에 누워 영원히 눈감고 싶었다.

하지만 이번에도 그는 절망에서 생긴 무력감을 떨쳐냈다. 그에게는 아무것도 남지 않았지만 적어도 인생을 복수에 바칠 수 있었다. 꿋꿋한 인내와 끈기의 소유자인 제퍼슨 호프는 끈질긴 복수심도 가진 사내였다. 아마도 인디언들 틈에서 살면서 배운 기질이었으리라. 다 꺼진 불가에 서서, 슬픔을 잠재울 방법은 오직 원수에게 직접 가하는 완벽하고 처절한 복수뿐이라고 느꼈다. 강철 같은 의지와 지치지 않는 힘을 오로지 복수에 쏟으리라 다짐했다. 그는 하얗게 질려 슬픔이 가득한 얼굴로, 길을 되짚어가서 던져둔 사냥감을 가져왔다. 연기 나는 모닥불을 살려 며칠간 먹을 분량의 고기를 구웠다. 고단했지만 식량을 챙기고는 '복수의 천사들'을 뒤쫓아 갔다.

닷새 동안 다리를 절뚝거리며 지친 몸을 이끌고 말을 타고 왔던 산길을 걸었다. 밤이면 바위들 틈에 몸을 웅크리고 몇 시간 눈을 붙이고는 해 뜨기 훨씬 전에 길을 떠났다. 엿새째 되는 날, 이글 계곡에 도착했다. 그들의 불운한 도주가 시작된 곳. 거기서 성도들의 본거지가 내려다보였다. 그는 지치고 기운이 없어서 총에 기대서서, 아래 조용히 펼쳐진 큰 도시를 보며 앙상한 손을 벌벌 떨었다. 한참 내려다보니, 광장에 깃발들과 잔치를 알리는 것들이 있었다. 이게 무슨 일일까 곰곰이 궁리하고 있는데, 말발굽 소리가 나고 말 탄 사내가 보였다. 사내가 다가오자 제퍼슨은 모르몬교도인 쿠퍼를 한 번에 알아보았다. 그는 쿠퍼의 일을 여러 번 해준 적이 있었다. 그래서 쿠퍼가 다가오자, 루시가 어떻게 됐는지 알아보려고 말을 걸었다.

제퍼슨이 말했다. "제퍼슨 호프입니다. 기억나시지요."

모르몬교도는 놀란 기색을 숨기지 않고 쳐다보았다. 사실 추레한 행색의 부스스한 떠돌이는 예전 말쑥한 청년의 모습이 전혀 없었다. 제퍼슨의 얼굴은 유령처럼 희고, 눈빛은 사납고 강렬했다. 마침내 그를 알아보자, 모르몬교도의 놀라움은 경악으로 변했다.

쿠퍼가 외쳤다. "여기 오다니 제정신이 아니군. 자네랑 말하는 걸 누가 봤다간 내 목숨도 온전치 못할걸세. 페리어 일가의 도주를 도왔다는 이유로 '거룩한 4인회'가 자네의 체포 명령을 내렸네."

제퍼슨 호프가 진지하게 대꾸했다. "그 작자들이나 체포 명령 따위는 겁나지 않습니다. 이 일에 대해 아시는 게 있을 겁니다, 쿠퍼 씨. 옛정을 생각해 몇 가지 대답해주시기를 간청합니다. 우리는 늘 사이가 좋았잖습니까. 부디 거절하시지 말고 답해주십시오."

모르몬교도가 불편해하면서 물었다. "뭔데 그러나? 얼른 말하게. 바위에도 귀가 있고 나무에도 눈이 있으니까."

"루시 페리어는 어찌 됐습니까?"

"어제 드레버 아들과 혼인했지. 이보게, 정신 단단히 차리게. 단단히 차려. 생기가 하나도 없구먼."

"제 염려는 마십시오." 제퍼슨이 힘없이 대답했다. 입술까지 새하얗게 질린 그는 기대섰던 바위에 털썩 주저앉았다. 그가 물었다. "혼인을 했습니까?"

"어제 혼인했지. 그래서 인다우먼트 하우스에 깃발들이 걸린 거라네. 누가 그녀를 차지하느냐를 두고 드레버와 스탠거슨 아들들 간에 말이 있었지. 양가 모두 추종

자들이 있고, 스탠거슨이 그녀의 부친을 쐈으니 적임자다 싶었지. 그런데 이 문제를 평의회에서 다루자, 드레버 쪽이 더 힘이 세서 선지자는 그녀를 드레버 쪽에 주었지. 하지만 누구도 그녀를 아주 오래 차지하진 못할 걸세. 어제 색시 얼굴에서 죽음의 그늘을 봤거든. 여자가 아니라 귀신이라고 해야겠더군. 그럼 자네는 떠날 건가?"

"네, 떠납니다." 제퍼슨 호프가 앉은 자리에서 일어나면서 대답했다. 대리석을 깎아 만든 얼굴이라고 할 만큼 잔뜩 굳은 표정이었지만, 눈은 섬뜩하게 번뜩였다.

"어디로 갈 텐가?"

"신경 쓰지 마십시오." 제퍼슨이 대답했다. 그는 어깨에 총을 걸고 계곡을 성큼성큼 내려가, 맹수가 출몰하는 산중으로 사라졌다. 가장 사납고 위험한 맹수는 제퍼슨 호프 자신일 터였다.

과연 모르몬교도 쿠퍼의 예상이 맞아떨어졌다. 부친의 끔찍한 죽음 때문인지 싫은 결혼을 강제로 한 탓인지, 루시는 다시 회복하지 못하고 시름시름 앓다 한 달이 안 되어 죽었다. 페리어의 재산을 노리고 결혼한 아둔한 남편은 사별을 애달파하지 않았다. 하지만 그의 다른 부인들은 모르몬교 관습대로 장례 전에 주검 곁에서 밤을 새웠다. 이른 새벽 그들이 관 주변에 모여 있을 때, 기함할 만한 일이 벌어졌다. 문이 활짝 열리더니, 넝마 차림의 세 파에 찌든 얼굴의 사내가 성큼성큼 들어섰다. 굳은 표정의 사내는 겁먹은 여인들에게 눈길도 주지 않고 말도 건네지 않은 채, 루시의 순결한 영혼이 깃들어 있는 주검으로 다가갔다. 그는 몸을 굽히더니 루시의 차가운 이마에 경건하게 입 맞춘 후, 그녀의 손가락에서 결혼반지를 뺐다. "이 반지가 끼워진 채로 보내지 않겠어." 그가 으르렁거리듯 외쳤고, 경종을 울릴 새도 없이 계단을 내려가 사라졌다. 워낙 기이하고 순식간에 벌어진 일이라, 혼인 증표인 금반지가 없어지지 않았다면 아낙들은 보고도 믿지 못하거나 남들을 설득하지 못했을 터였다.

몇 달간 제퍼슨 호프는 산속을 떠돌면서 이상스런 야

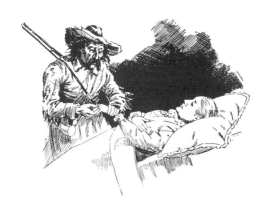

인 생활을 했고, 강렬한 복수심에 사로잡혀 복수욕을 다졌다. 그러자 변두리를 배회하는 수상한 자를 봤고 그가 외진 계곡에 산다는 소문이 시내에 돌았다. 어느 날은 스탠거슨의 집 창문으로 총알이 날아들어, 그와 한 발자국 거리의 벽에 박혔다. 또 어느 날은 드레버가 절벽 아래를 지날 때 큰 돌이 굴러떨어졌는데, 그가 얼른 엎드려 간신히 죽음을 면한 일도 있었다. 마침내 두 젊은 모르몬교도는 목숨을 위협받는 이유를 알았고, 자신들을 노리는 자를 잡아서 죽이려고 거듭해서 산으로 들어갔지만 번번이 허사였다. 그러자 두 사람은 조심성을 발휘해서 혼자서는 오밤중에 바깥출입을 삼갔고, 집에 경비원을 두었다. 시간이 흐르면서 호프에 대한 소문도 목격담도 잦아들자, 이런 조치들은 느슨해졌다. 그들은 적의 복수심이 잦아들기를 바랐다.

하지만 현실은 전혀 달랐다. 제퍼슨의 앙심은 커지면 커졌지 줄지 않았다. 사냥꾼은 꿋꿋하고 물러나지 않는 기질의 소유자였고, 복수심에 사로잡힌 나머지 다른 감정이 끼어들 틈이 없었다. 하지만 제퍼슨은 무엇보다 현실적인 사람이었다. 강철 같은 체력을 가졌다 한들 이대로 가다가는 얼마 견디지 못한다는 것을 곧 깨달았다. 노숙하며 제대로 먹지 못해 몸이 쇠약해졌다. 산속에서 개처럼 죽는다면 그의 복수는 어찌될 것인가? 하지만 계속 이렇게 버티면 그런 죽음을 당할 수밖에 없었다. 그것은 적의 손에서 놀아나는 꼴이라는 생각이 들자, 그는 마지 못해 네바다 광산으로 돌아갔다. 거기서 몸을 살피고, 복수할 자금을 넉넉히 모을 작정이었다.

기껏해야 1년쯤 떠나 있을 작정이었지만, 예기치 못한 상황들이 겹쳐서 근 5년간 광산에 붙들렸다. 5년이 지났지만, 존 페리어의 무덤가에서 겪은 지난날에 대한 기억과 복수심은 바로 어젯밤 일처럼 선명했다. 제퍼슨은 변장을 하고 가명으로 솔트레이크시티로 돌아갔다. 그는 정의를 실현할 수 있다면 자신의 인생이 어찌 되든 상관없었다. 그곳에 가니 나쁜 소식이 그를 기다리고 있었다. 몇 달 전 성도들 사이에 분열이 일어나 일부 젊은 성도들이 장로들의 권위에 반발했고, 그 결과 불만을 가진 상당수가 갈라져 나가 유타를 떠나 이교도가 되었다는 것이었다. 거기 드레버와 스탠거슨이 끼어 있었고, 그들은 어디로 갔는지 오리무중이었다. 드레버는 재산의 상당 부분을 현금화해서 부자가 되어 떠난 반면, 같이 떠난 스탠거슨은 상당히 궁핍하다는 소문이 돌았다. 그러나 그들의 소재에 대한 단서는 전혀 없었다.

보통 앙심을 품은 사람들은 이런 난관에 봉착하면 복

수를 포기하겠지만, 제퍼슨은 잠시도 망설이지 않았다. 얼마 안 되는 돈이나마 마련할 수 있는 만큼 챙겨서, 미국 방방곡곡을 돌면서 원수들을 수소문했다. 한 해 두 해 흐르면서 검은 머리가 희끗희끗해졌지만, 그는 여전히 인간 사냥개가 되어 인생을 오롯이 복수에 바친 채 떠돌았다. 결국 그렇게 바랐던 기회가 왔다. 창가에서 얼굴을 힐끗 본 데 불과했지만, 대번에 오하이오 주 클리블랜드에 그가 찾던 인물들이 있음을 알 수 있었다. 제퍼슨은 복수 계획을 철저히 세우고 누추한 숙소로 돌아갔다. 하지만 창가에 있던 드레버는 길에서 얼쩡대는 부랑자를 보고 살기 띤 눈빛을 감지했다. 그는 개인 비서인 스탠거슨을 대동해 부랴부랴 치안판사에게 가서, 옛 원수의 질투심과 증오로 목숨이 위태롭다고 호소했다. 그날 저녁 제퍼슨 호프는 구금되었고, 보증인을 못 구해서 몇 주간 구류를 살았다. 마침내 석방되고 보니, 드레버의 집은 텅비어 있었고 그와 비서는 유럽으로 떠나버렸다.

또 한 번 복수를 할 기회를 놓쳤고, 똘똘 뭉쳐진 적개심은 다시 그들을 추적하라고 부추겼다. 하지만 자금이 바닥나서, 한동안 일을 하면서 버는 족족 유럽행에 대비해 모아야 했다. 결국 충분한 여비가 마련되자 유럽으로 떠나 힘닿는 대로 일을 하면서 이 도시 저 도시 원수들을 찾아다녔지만, 도망자들은 잡히지 않았다. 상트페테르부르크에 도착하니 그들은 이미 파리로 떠났고, 파리로 쫓아가면 그들은 방금 코펜하겐으로 출발하고 없었다. 덴마크의 수도에 당도하니 또 며칠 차로 런던으로 가버린 후였다. 마침내 제퍼슨은 런던에서 그들을 찾아냈다. 그곳에서 벌어진 일에 대해서는 왓슨 박사의 일지에 고스란히 기록된 사냥꾼의 진술을 읽어보는 게 가장 낫다. 우리는 이미 그 일지 덕을 톡톡히 보고 있지만.

6

계속되는 닥터 존 H. 왓슨의 회고담

붙잡힌 사내는 발버둥을 쳤지만, 포악을 부릴 의향은 없는 것 같았다. 그는 소용없다는 걸 알자 유순하게 웃으면서 실랑이 중 다친 사람이 없기를 바란다고 했다. 사내가 셜록 홈스에게 말했다. "날 경찰서로 데려가겠지? 내 마차가 현관에 있소. 다리를 풀어주면 마차까지 걸어가겠소. 내가 전처럼 가볍지 않아서, 번쩍 들고 가기 힘들 테니."

그레그슨과 레스트레이드는 뻔뻔스런 제안이라는 듯 눈짓을 교환했다. 하지만 홈스가 얼른 사내의 말을 받아들여, 그의 발목에 감긴 수건을 풀어주었다. 사내는 벌떡 일어나더니, 움직이는지 확인하려는 듯 다리를 쭉쭉 폈다. 그를 보면서 그렇게 다부진 몸은 처음 봤다고 생각했던 기억이 난다. 그을린 검은 얼굴에는 힘만큼이나 엄청난 의지와 결기가 흘렀다.

그는 셜록 홈스를 응시하면서 감탄을 숨기지 않고 말했다. "경찰청장 자리가 비었다면 선생이야말로 적임자요. 내 뒤를 계속 캐는 방식은 정말이지 놀랄 노자였소."

홈스가 두 형사에게 말했다. "내가 동행하는 게 더 나을 겁니다."

레스트레이드가 말했다. "내가 마차를 몰면 됩니다."

"잘됐군요! 그럼 그레그슨은 나랑 승객석에 타면 되겠고. 박사, 당신도 사건에 관심이 있으니 같이 가는 게 좋겠군요."

나는 흔쾌히 받아들였고, 다 같이 계단을 내려갔다. 범인은 탈출을 시도할 생각 따위 없이 얌전히 그의 마차에 올랐고, 우리가 뒤따라 탔다. 레스트레이드가 마부석에 앉아 말을 채근했고 순식간에 목적지에 도착했다. 우리는 작은 방으로 안내받았고, 거기서 수사관은 범인의 이름과 그가 살해한 혐의가 있는 피해자들의 이름을 적었다. 수사관은 흰 얼굴의 무뚝뚝한 사내로, 덤덤하게 기계적으로 업무를 봤다. "일주일 내에 재판정에 서게 될 겁니다. 제퍼슨 호프 씨, 그 전에 하고 싶은 말이 있습니까? 당신의 진술은 기록되며 당신에게 불리하게 이용될 수

있음을 경고합니다."

그는 천천히 대답했다. "할 이야기야 태산이지요. 여러 분께 다 말하고 싶소만."

"재판 때까지 입을 다무는 게 낫지 않겠습니까?" 수사관이 물었다.

"난 재판을 못 받을 거외다. 놀란 표정 지을 것 없소. 자살할 생각은 없으니. 선생은 의사시오?" 그는 마지막 말을 하면서 날카로운 검은 눈을 내게 돌렸다.

"그렇습니다, 의사입니다." 내가 대답했다.

"그러면 여기 손을 대보시오." 제퍼슨 호프가 웃으면서, 수갑 찬 팔목으로 가슴 쪽을 가리키며 말했다.

그의 가슴에 손을 대니, 곧 심상치 않은 박동과 격렬한 움직임이 감지되었다. 허술하게 지은 집에서 강한 엔진이 작동될 때처럼, 그의 흉벽이 두근대고 떨렸다. 조사실이 조용해서 그의 가슴에서 나는 윙윙 소리가 내 귀에까지 들렸다.

내가 외쳤다. "이런, 동맥류가 있군요!"

"병명이 바로 그거요. 지난주에 병원에 갔더니, 의사가 며칠 못 가 터질 거라고 했소. 수년째 점점 악화되고 있소. 솔트레이크시티에서 노숙하며 잘 먹지 못해서 얻은 병이지요. 이제 할 바를 다했으니 언제 떠나든 상관없지만, 무슨 일이었는지 설명은 하고 가고 싶소. 평범한 살인자로 기억되고 싶진 않으니."

수사관과 두 형사는 그가 자백을 해도 될지 얼른 상의했다.

"위태로운 상황입니까, 의사 선생?" 수사관이 물었다.

"그렇습니다." 내가 대답했다.

"그럼 정의 실현을 위해 당사자 진술을 받는 것은 명백히 저희 의무입니다. 자유롭게 이야기하면, 내가 받아 적겠습니다."

"허락해주면 난 좀 앉겠소." 범인이 말하면서 자리에 앉았다. 그가 말을 이었다. "동맥류 때문에 쉽게 피로해지는 데다, 반 시간 전에 드잡이를 해서 상태가 좋지 않아요. 무덤이 눈앞에 있는 마당에 거짓말하고 싶지 않소이다. 내가 내뱉는 한마디 한마디는 모두 사실이고, 이 이야기가 어떻게 쓰이든 난 상관없소이다."

이 말을 하고서 제퍼슨 호프는 의자에 기대 앉아 이야기를 풀어놓기 시작했다. 그는 그간의 사건들을 평범한 일을 말하듯 차분하고 조리 있게 말했다. 이 이야기의 진위 여부는 내가 보증할 수 있다. 레스트레이드가 범인의 말을 그대로 적은 수첩을 내가 입수했으니까.

제퍼슨 호프가 말했다. "내가 이들을 증오한 이유는 여러분에게 별반 중요하지 않소. 그 작자들은 두 사람, 아버지와 딸을 죽인 죄가 있으니, 제 발에 발등 찍었다는 말로 충분할 겁니다. 놈들이 죄를 짓고 시간이 한참 흘렀는데도, 난 어느 법정에서도 저들이 유죄판결을 받게 할 수가 없었소. 하지만 나 혼자서라도 놈들의 죄를 밝혀내고자 판사, 배심원, 집행관 노릇을 모두 하겠노라 다짐했소. 만약 나와 같은 처지에 있었던 사람이라면 똑같이 그랬을 거요.

내가 말한 여인은 20년 전 나와 혼인을 약속했소. 그녀는 드레버와 강제로 결혼해야 했고, 나는 억장이 무너졌소. 얼마 지나지 않아 그녀는 죽었고 나는 그녀의 손에서 결혼반지를 빼내면서, 그자에게 반지를 보여주고 죄를 뉘우치며 죽게 하겠다고 맹세했소. 난 줄곧 그 반지를 지니고 다니면서 놈과 공범을 찾을 때까지 두 대륙을 누볐소. 저들은 내가 나가떨어질 거라 예상했지만 턱도 없는 소리! 나는 당장 내일 죽는다 해도 그걸로 족합니다. 이승에서 내 할 일을 다 했고 무엇보다 잘해냈다는 걸 알고 죽으니 된 거요. 저들은 결국 내 손에 죽었으니, 내게 더 희망을 품거나 바랄 일은 남지 않았소.

저들은 부자였고, 난 가난해서 저들을 쫓아다니는 게 쉽지 않았소. 런던에 도착했을 때 빈털터리라서 입에 풀칠이라도 하려면 일을 해야 했소. 말을 몰고 마차를 끄는 건 원래부터 몸에 밴 일이라서, 택시 마차 주인의 사무실에 신청했더니만 곧 일자리를 얻었소. 주당 일정액을 주인에게 주면, 나머지 삯은 내 몫으로 가져갈 수 있었소. 몇 푼 안 되지만 그럭저럭 근근이 살았소. 가장 큰 어려움은 길을 익히는 거였소. 세상 어떤 미로가 이 도시만큼 헷갈릴까. 하지만 난 지도를 끼고 다녔고, 일단 주요 호텔들과 역들을 파악하니 제법 잘 해나갈 수 있었소.

그 대단한 위인들의 거처를 알아내기까지 꽤나 시간이 걸렸지만, 묻고 또 묻고 다니다 결국 그들의 꼬리를 잡았소. 강 건너편 캠버웰의 민박집에 있더군. 일단 소재를 파악하자, 칼자루는 내 손에 있음을 알았소. 난 수염을 길러서 그들이 알아볼 가능성이 없었소. 그들의 뒤를 밟고 쫓아다니면서 기회를 엿보고는, 놈들이 다시는 빠져나가지 못하게 하리라 다짐했소.

그럼에도 하마터면 놓칠 뻔했지. 그래서 놈들이 런던 주변 어디에 가든 늘 바싹 따라붙었소. 택시 마차를 몰고 따라가기도 하고, 걸어서 미행하기도 했지만 마차로 다니는 게 가장 낫더군. 그러면 놈들이 나를 피할 수가 없었으니까. 첫새벽이나 야밤에만 밥벌이를 할 수 있어서, 주인에게 마차 삯을 주는 게 늦어지기 시작했소. 하지만 잡아야 될 놈들이 내 수중에 있는 한 개의치 않았소.

놈들은 아주 약삭빠르더군. 미행당할 가능성이 있다고 생각했던 게 분명했소. 2주간 매일 놈들을 쫓아다녔는데 둘이 떨어진 적이 한 번도 없었소. 드레버는 절반은 취해 있었지만, 스탠거슨은 술 마시는 것도 못 봤소. 밤낮 가릴 것 없이 감시했지만 좀처럼 기회가 없었소. 하지만 낙심하지는 않았소. 서서히 때가 무르익은 느낌이 왔으니까. 걱정은 한 가지, 가슴에 든 게 갑자기 터져서 해야 할

A Study in Scarlet

일을 못하고 죽는 것뿐이었소.

마침내 어느 저녁, 마차를 몰고 그들의 하숙집이 있는 토키 테라스를 오르락내리락했소. 그러다 그 집 앞에서 택시 마차가 서는 걸 봤소. 곧 집에서 짐이 나오고 조금 뒤 드레버와 스탠거슨이 따라 나와 마차를 타고 떠났소. 얼른 내 말을 재촉했고 그 마차가 눈에 들어왔는데, 그들이 숙소를 옮길까 걱정스러워 마음이 영 불편했소. 그들이 유스턴 역에서 내리자, 나는 어떤 아이한테 말을 부탁하고, 둘을 쫓아 플랫폼으로 갔소. 대화를 들어보니 그들은 리버풀행 차편을 문의했고, 역무원은 방금 기차가 떠나서 몇 시간 내에는 열차가 없다고 대답했소. 시끌벅적했지만 난 그들과 가까이 있은 덕에 오가는 대화를 다 들을 수 있었지. 드레버는 스탠거슨에게 볼일이 있다면서, 얼른 다녀올 테니 기다리라고 말했소. 스탠거슨은 싫다고 하면서, 둘이 함께 붙어 다니기로 한 결정을 상기시켰소. 하지만 드레버는 조심스런 일이라 혼자 가야 된다고 응수했소. 스탠거슨이 뭐라고 대꾸했는지 들리지 않았지만, 드레버가 버럭 욕설을 내뱉었소. 급여를 받는 하인 주제에 주인을 멋대로 휘두를 생각을 하면 안 된다고 윽박질렀소. 그러자 비서인 스탠거슨은 포기하고, 막차를 놓치면 핼리데이 민박에서 만나자고 말했소. 그러자 드레버는 11시 전에 플랫폼으로 돌아오겠다고 대답하고 역을 빠져나갔소.

오래도록 염원한 순간이 마침내 온 거였소. 원수들이 내 수중에 들어온 거요. 둘이 같이 있으면 서로 지켜줄 수 있겠지만, 각자라면 칼자루는 내가 쥔 셈이었소. 하지만 너무 서둘러 행동하지는 않았지. 이미 계획이 단단히 세워져 있었으니까. 죄를 지은 놈이 자기를 치는 사람이 누구인지, 왜 보복을 당하는지 알아챌 새가 없다면 무슨 맛으로 복수하겠소. 나는 죄지은 자 스스로 과거에 저질 렀던 죄로 인해 벌을 받는다는 걸 깨달을 수 있도록 작전을 짰소. 며칠 전 어떤 신사가 브릭스턴가의 집 몇 채를 구경한 후 내 마차에 탔다가 열쇠 하나를 떨어뜨린 일이 있었소. 그날 저녁 열쇠를 받아갔지만, 그 전에 난 열쇠를 본떠서 복사해두었소. 이 열쇠 하나로 적어도 한 집은 방해 없이 자유롭게 출입하게 된 거지. 드레버를 그 집으로 유인할 묘안만 생각해내면 완벽한 거였소.

놈은 거리를 내려가 한두 군데 술집에 들렀고, 마지막 집에서 반 시간쯤 지체했소. 비틀비틀 걸어 나왔지만 제법 잘 걷더군. 내 앞에 이륜마차가 있었고, 드레버가 그 마차를 불렀소. 난 줄곧 그 마차의 꽁무니에 붙다시피 쫓아갔지. 덜컹덜컹 워털루 다리를 건너 1.5킬로미터쯤 내

달려보니 그가 묵던 민박이 있는 거리에 다시 와 있어서 얼마나 놀랐던지. 그 작자가 무슨 꿍꿍이로 거기 다시 갔는지 짐작되지 않았지만, 계속 따라가서 민박집에서 백 미터 떨어진 곳에 내 마차를 세웠소. 그는 집에 들어갔고 이륜마차는 떠났소. 물 한 잔만 부탁합시다. 말을 하니 입이 바싹 마르구먼."

내가 물잔을 건네자 제퍼슨은 받아서 단숨에 마셨다.

그가 계속해서 말했다. "한결 낫네. 해서 15분 정도 기다렸을까, 갑자기 집 안에서 실랑이하는 시끄러운 소리가 났소. 곧 문이 벌컥 열리고 두 사람이 나타났는데, 한 사람은 드레버였고 다른 사람은 처음 보는 청년이었소. 그가 드레버의 멱살을 잡아 계단참으로 끌고 와서 밀고 걷어찼소. 드레버는 길가까지 나가떨어졌고 청년이 각목을 흔들면서 외치더군. '개자식. 얌전한 여자를 모욕하면 어찌 되는지 단단히 가르쳐주지!' 청년은 잔뜩 화가 나 있었소. 그가 비틀대며 달아나지 않았다면 몽둥이찜질깨나 당했을 거요. 드레버는 모퉁이까지 달아나다가 내 마차를 보고 불러서 올라탔소. 놈은 '핼리데이 민박으로 갑시다'라고 말합디다.

놈을 내 마차에 태우자, 어찌나 환장하게 좋던지 심장이 벌렁대다 막판에 동맥류가 잘못될까 염려스러웠소.

어떻게 하는 게 최선일지 궁리하면서 천천히 마차를 몰았소. 놈을 곧장 마을로 데려가, 외진 길에서 마지막 대면을 하면 좋겠다 싶었지. 그렇게 결정하려는 찰나, 놈이 알아서 문제를 해결해주었소. 드레버는 다시 술 생각이 나는지 술집 앞에 마차를 세우라고 하더군. 나한테 기다리라는 말을 남기고 술집으로 들어갔소. 그는 문 닫을 때까지 마셔대다가 술집에서 나왔을 때는 고주망태였소. 난 완전히 내가 칼자루를 쥐었음을 알았소.

내가 냉혹하게 놈을 죽이려 했다고 넘겨짚지 마시오. 그리했다면 고지식한 정의 실현에 그쳤을 테니까. 난 그럴 수가 없었소. 오래전부터 놈이 운을 시험하려 한다면 기회를 주기로 작정했소. 떠돌던 중 미국에서 일자리를 전전하다, 요크 대학 실험실의 수위 겸 청소부 일을 한적이 있소. 어느 날 교수가 독극물에 관해 강의하면서 학생들에게 알칼로이드라는 것을 보여주었소. 남아메리카의 독화살에서 추출했는데, 독성이 강해서 좁쌀만큼만 써도 즉사한다고 설명하더군. 난 이 약이 담긴 병을 눈여겨봐두었다가 사람들이 나갔을 때 아주 조금 덜어냈소. 손재주가 제법 좋아 알칼로이드를 섞은 다음 물에 잘 녹도록 알약을 만들고, 독성은 없지만 똑같이 생긴 알약을 함께 상자에 담았지. 기회가 오면 두 놈에게 각각 상자에서 알약을 고르게 하고 나머지는 내가 먹기로 작정했소. 손수건을 대고 총을 쏘는 것보다 조용하면서 치명적이기는 마찬가지라고 생각했거든. 그날부터 어딜 가나 약통을 갖고 다녔는데, 이제 그걸 써먹을 때가 온 거였소.

시간은 자정을 훌쩍 지나 새벽 1시에 가까워졌고, 강풍이 불고 비가 퍼붓는 험하고 을씨년스런 밤이었소. 바깥 날씨는 음산했지만 내 마음은 기뻤소. 환호성을 지를 수도 있을 만큼 어찌나 기분이 좋던지. 20년간 오매불망 바란 일이 불쑥 눈앞에 벌어진 경험을 해본 사람이라면 내 마음을 이해할 거요. 담배에 불을 붙이고 연기를 뿜으면서 진정하려 했지만, 흥분해서 손이 떨리고 관자놀이가 지끈거렸소.

마차를 모는데, 어둠 속에서 존 페리어와 예쁜 루시가 내게 미소 지었소. 이 방에서 여러분을 보듯 그들의 얼굴을 똑똑히 봤소. 가는 길 내내 그들은 내가 몰고 있는 말의 양편에 있는 것 같았소. 마침내 나는 브릭스턴가의 주택 앞에 마차를 세웠소.

개미 한 마리 안 보이고, 비 내리는 소리를 빼면 쥐 죽은 듯 조용했소. 창으로 보니 드레버가 잔뜩 웅크리고 취해 잠들어 있었소. 난 놈의 팔을 흔들면서 '내려야 돼요'라고 말했소.

그가 '알았네, 마부'라고 대답했소.

군말 없이 나를 따라 정원을 지난 걸 보면, 가자던 민
박집에 도착한 줄 안 게지. 놈이 얼큰히 취해서 주저앉지
않도록 부축해 걸어야 했소. 현관에 도착하자 난 문을 열
고 그를 응접실로 데려갔소. 줄곧 앞에서 루시 부녀가 걷
고 있는 듯했지.

그가 쿵쾅대며 돌아다니면서 '칠흑같이 어둡네'라고
말했소.

난 '곧 불을 켤 거요'라고 대꾸하고, 성냥을 그어 늘 갖

고 다니는 양초에 불을 켰소. 그리고 내가 놈에게 몸을 돌리고 불을 내 얼굴에 비추면서 말했지. '자, 이녹 드레버. 내가 누구 같아?'

놈이 취해서 멍한 눈으로 잠시 날 쳐다보더군. 곧 그 눈에 떠오르는 공포가 보였소. 오만상을 찌푸리는 걸로 봐서 내가 누군지 안 게지. 얼굴이 납빛이 된 드레버는 비척비척 물러섰고, 이마에 땀을 흘리면서 이를 딱딱 부딪쳤소. 그 꼴을 본 난 문에 기대서 한바탕 웃었소. 복수가 달콤할 줄은 알았지만, 영혼을 사로잡는 만족감까지 맛볼 줄은 몰랐으니까.

내가 말했지. '개자식! 널 쫓아 솔트레이크시티에서 상트페테르부르크까지 갔지만 미꾸라지처럼 빠져나갔더군. 마침내 네 도주는 끝났어. 너랑 나 둘 중 하나는 내일 해 뜨는 걸 못 볼 거야.' 내가 그렇게 말하자 그는 잔뜩 움츠러들었지. 그 표정을 보아하니 날 미친놈 취급하는 게 분명했소. 그 순간 내가 제정신이 아니긴 했지. 큰 망치로 치는 것처럼 관자놀이가 욱신거렸거든. 코피가 쏟아져 나왔길 망정이지 아니면 뇌졸중 같은 걸 일으켰을 거요.

난 문을 잠그고 그의 얼굴에 대고 열쇠를 흔들면서 '루시 페리어를 어떻게 생각하나?'라고 윽박질렀소. '비록

오랜 시간이 걸렸지만, 결국 너의 죄를 심판할 때가 됐구나!' 내가 소리쳤을 때 그의 겁먹은 입술이 파르르 떨리는 게 보였소. 그는 목숨을 살려달라고 간청할 법도 했지만 소용없다는 것을 잘 안 듯했지.

'날 살해할 건가?' 드레버가 주절댔소.

나는 대답했소. '살해라는 말은 어울리지 않아. 누가 미친개를 살해한다고 말할까? 내 가여운 여인을 죽은 아버지 옆에서 끌어내 더러운 첩 소굴에 처넣으면서 넌 어떤 온정을 베풀었더라?'

'그녀의 아버지를 죽인 건 내가 아니야'라고 놈이 소리쳤소.

나는 '허나 그녀의 순결한 사랑을 망가뜨린 건 바로 너야'라고 쏘아붙이면서 약이 든 통을 내밀었소. '신의 선택에 맡겨보자구. 한 알은 사람을 죽이고 다른 한 알은 살리지. 난 네가 고르고 남은 걸 먹겠어. 사필귀정인지 아닌지, 한번 보자고.'

놈은 비명을 지르고 봐달라고 애원하면서 발버둥을 쳤지만, 내가 칼을 꺼내 목에 대자 결국 시키는 대로 했소. 내가 남은 약을 삼켰고, 우리는 1분 남짓 마주서서 누가 살고 누가 죽을지 기다렸소. 처음 통증을 느끼고 몸에 독이 퍼진 걸 안 순간, 놈의 얼굴에 떠오른 표정을 어찌 잊을까? 난 그 표정을 보고 웃으면서 드레버의 면전에 루시의 결혼반지를 디밀었소. 그것도 잠시였소. 알칼로이드의 효과가 워낙 금방 나타나서 말이지. 발작적인 통증이 일자 놈은 얼굴을 일그러뜨리면서 손을 뻗으며 비척대더니, 쉰 소리로 비명을 지르면서 쿵 쓰러졌소. 난 발로 놈을 뒤척여서 심장에 손을 댔소. 움직임이 없었소. 뒈진 거지!

계속 코피가 났는데도 난 알아채지 못했소. 무슨 귀신에 씌어서 그 피로 벽에 글씨를 썼는지 모르겠소. 경찰의 눈을 딴 데로 돌리려는 장난기가 발동한 게지. 마음이 가볍고 들떴소. 뉴욕에서 독일인이 발견됐는데 위에 'Rache'라고 쓰여 있던 사건이 기억났소. 당시 신문마다 비밀 결사대의 짓이 분명하다고 떠들었거든. 뉴욕 사람들이 갈팡질팡했으니 런던 사람들도 그럴 것 같아서, 손가락에 내 피를 묻혀 벽면에 그렇게 적었소. 마차로 가보니 주위에 아무도 없었고, 밤 날씨는 여전히 아주 고약했소. 한참 달리다가 주머니에 손을 넣었는데, 늘 거기 있던 반지가 없지 뭐요. 그녀의 유품은 그것 하나였기에 난 경악했소. 드레버의 시체 위로 몸을 굽힐 때 반지가 떨어진 것 같기에 되돌아가 마차를 골목에 두고 대담하게 그 집으로 향했소. 반지를 찾을 수 있다면 무슨 짓이라도 할

준비가 되어 있었소. 거기 도착했는데 마침 집에서 나오는 경관이랑 마주쳤고, 고주망태인 척해서 겨우 의심을 면했소.

이녹 드레버는 그렇게 종국을 맞았소. 이제는 스탠거슨에게 똑같이 존 페리어의 빚을 갚는 일만 남았소. 난 그가 '핼리데이 민박'에 투숙 중인 걸 알았고, 종일 근처를 배회했지만 스탠거슨은 나오지 않았소. 드레버가 나타나지 않자 뭔가 미심쩍었겠지. 스탠거슨은 교활하고 경계심이 많은 자였소. 두문불출하는 걸로 날 떨쳐낼 수

         A Study in Scarlet

있다고 생각했다면 완전히 오산이었지. 난 곧 그가 머문 방의 창문 위치를 알아두었고, 다음 날 새벽 골목에 있는 사다리를 이용해서 방으로 올라갔소. 뿌연 새벽에 놈을 깨워서, 오래전 남의 목숨을 뺏은 값을 치룰 때가 됐다고 말했소. 드레버가 어떻게 죽었는지 설명하고 놈에게도 똑같이 약을 택할 기회를 줬소. 그런데 스탠거슨은 갑자기 침대에서 벌떡 일어나 내 목을 졸랐소. 난 방어하느라 놈의 심장을 칼로 찔렀소. 이렇든 저렇든 결과는 매한가지였겠지. 신은 죄 지은 놈에게 독이 든 약을 선택하도록 하셨을 테니.

이야기를 끝낼 때가 되니 이제 좀 지치는군요. 나는 미국에 돌아갈 돈이 모일 때까지 일할 요량으로 하루 정도 더 마차를 몰았소. 마당에 서 있는데 누더기 차림의 아이가 와서 제퍼슨 호프라는 마부가 있냐면서, 베이커 가 221B호에 사는 분이 마차를 부른다고 전했소. 나는 아무 의심 없이 찾아갔는데, 여기 젊은 양반이 내 팔에 수갑을 채웠소. 평생 그렇게 야무지게 수갑을 채우는 건 처음 봤소. 내 이야기는 이게 다요, 여러분. 나를 살인자로 여길 테지만, 난 여러분처럼 정의를 실행했다고 주장하겠소."

사내의 사연이 워낙 긴장감 넘치고 말 품새도 꽤 인상적이어서, 우리는 망연하게 말없이 앉아 있었다. 범죄라면 이골이 난 형사들조차 제퍼슨의 사연이 무척 흥미로운 듯했다. 그가 말을 마치자 다들 몇 분간 잠잠했고, 레스트레이드가 속기를 마무리하느라 연필을 움직이는 소리만 났다.

마침내 셜록 홈스가 입을 열었다. "알고 싶은 게 한 가지 더 있습니다. 광고를 보고 반지를 찾으러 온 공범은 누구입니까?"

범인은 익살맞게 눈을 찡긋하며 대답했다. "내 비밀이야 얼마든지 털어놓을 수 있지만, 다른 사람을 곤란에 빠트리면 안 되겠지요. 난 선생이 낸 광고를 봤고, 함정이거나 아니면 누군가 우연히 반지를 주운 거라 짐작하고는 고민을 했소. 그런데 내 친구가 가서 알아보겠다고 나서주었소. 그가 멋지게 해냈다고 말할 수밖에 없을 거요."

"두말하면 잔소리지요." 홈스가 맞장구쳤다. 수사관이 진중하게 말했다.

"여러분, 법규는 준수해야 됩니다. 피고인은 목요일에 재판정에 설 거고, 여러분도 출석해야 됩니다. 그때까지 피고인은 내가 맡을 겁니다." 수사관이 벨을 누르자 제퍼슨 호프는 두 명의 교도관을 따라 나갔다. 나와 홈스는 경찰서에서 나와 마차를 타고 베이커 가로 돌아갔다.

7

결말

우리는 목요일에 재판정에 출석해야 된다는 통고를 받았지만, 그러지 못했다. 더 높으신 곳의 판사가 사건을 맡게 되면서, 저지른 죄의 시시비비를 명백히 가려내고 그에 따른 처벌을 가할 엄숙한 법정으로 제퍼슨 호프를 소환했다. 그는 체포된 날 밤, 동맥류가 터져서 다음 날 아침 수용실 바닥에 쓰러진 채 발견되었다. 죽어가는 순간, 그의 얼굴은 마치 주어진 임무를 완벽히 해낸 자신의 보람찼던 인생을 되돌아보는 것처럼 담담한 미소를 짓고 있었다.

"그가 죽어서 그레그슨과 레스트레이드의 심기가 사납겠군. 이제 공로를 마음껏 떠들지 못하니." 홈스가 말했다.

"범인을 체포하는 과정에서 정작 그들이 한 일은 별로 없는 것 같은데요." 내가 대꾸했다.

그러자 내 동거인은 시무룩하게 말했다. "이 세상에서 무슨 일을 하느냐는 중요한 문제가 아니지요. 핵심은 사람들에게 당신이 그 일을 했다는 것을 믿게 만드는 겁니다. 마음 쓸 것 없어요." 그는 잠깐 말을 끊더니 해맑게 덧붙였다. "어떤 일이 있어도 난 이번 수사 기회를 놓치지 않았을 겁니다. 이보다 굉장한 사건은 경험해본 적이 없거든요. 간단한 사건이지만, 몇 가지 상당히 시사적인 점들이 있었지요."

"간단하다니!" 내가 외쳤다.

내가 놀라자 셜록 홈스는 싱긋 웃으면서 대답했다. "흠, 그렇게 표현할 수밖에요. 아주 평범한 추리 몇 가지 말고는 아무것도 하지 않았는데도 사흘 내에 범인을 체포할 수 있었잖습니까. 그게 이 사건이 본질적으로 단순하다는 걸 증명합니다."

"그렇기는 하지만." 내가 말했다.

"이미 설명했다시피, 특이점은 걸림돌이 아닌 길잡이 구실을 하기 십상입니다. 이런 종류의 문제를 해결할 때는 역으로 추리하는 능력이 관건입니다. 아주 쓸모 있고 무척 쉬운 방법이지만, 잘 활용하지 않지요. 일상생활에

서는 순방향으로 추리해나가는 게 훨씬 유용하고, 따라서 역추리 방식은 외면당하기 일쑤지요. 종합적 추리가 가능한 사람이 쉰 명이라면 분석적 추리가 가능한 사람은 한 명이거든요."

"솔직히 말해 이해가 안 되네요." 내가 말했다.

"어렵지요? 더 구체적으로 설명을 해볼까요? 흔히 대부분의 사람들은 연쇄 사건에 대해 들으면 결과가 뭐냐고 묻습니다. 머릿속에서 그 사건들을 종합해보면 거기서 어떤 일이 벌어질 거라고 예측이 되니까요. 그런데 결과만 듣고 머릿속으로 그 결과에 이르는 단계들을 추론할 수 있는 사람은 거의 없습니다. 역으로 혹은 분석적으로 추론한다는 것은 이 능력을 말합니다."

"이제 좀 이해가 되네요." 내가 말했다.

"이 사건은 결과만 알고 그 외의 사실들은 다 밝혀내야 되는 경우였습니다. 내 추리의 각 단계를 설명해보겠습니다. 우선 첫 대목부터. 알다시피 난 아무 편견 없이 머리를 싹 비우고 그 집으로 걸어갔습니다. 당연히 도로를 살피는 데서 시작했지요. 설명했듯이 택시 마차의 흔적을 똑똑히 봤고, 조사를 통해 밤에 마차가 왔다고 확신했습니다. 개인 소유가 아닌 택시 마차인 것은 바퀴 간격이 좁은 것으로 알 수 있었지요. 런던의 사륜마차는 개인 소유의 브로엄 마차보다 폭이 상당히 좁거든요.

이게 맨 먼저 확인한 사항이지요. 그런 다음 천천히 정원 길을 내려갔는데, 진흙길이라 족적이 쉽게 남지요. 물론 박사가 보기에는 발자국이 난 진창에 불과했지만, 나처럼 노련한 사람에게는 표면에 새겨진 흔적 하나하나가 의미가 있었습니다. 수사 과학 기법에서 족적 추적만큼 중요한 것은 없는데, 대부분은 하찮게 여기지요. 다행히 난 늘 이 방식을 무척 중요시했고, 많이 적용해봐서 자유자재로 구사합니다. 경관들의 족적들이 보였지만, 정원을 지나간 두 사람의 흔적도 눈에 띄었습니다. 그들이 경관들보다 먼저 왔다는 것은 쉽게 알 수 있었지요. 군데군데 그들의 발자국이 경관들의 발자국에 덮이고 뭉개졌으니까. 이런 식으로 두 번째 고리가 만들어졌습니다. 그리고 한밤의 방문객들은 두 명인데, 보폭으로 신장을 계산하면 한 명은 제법 장신이고, 다른 한 명은 부츠 자국이 작고 우아한 것으로 봐서 세련된 차림새라는 걸 알았지요.

집 안에 들어가자 두 번째 추리가 맞았음을 확신했습니다. 멋진 부츠를 신은 사내가 널브러져 있었거든요. 그렇다면 키다리가 살해한 거지요. 살인이 일어났다면 말입니다. 시체에는 상처가 없었지만 일그러진 표정으로 미루어보건대, 죽기 전에 자신이 죽을 줄 알았을 겁니다.

심장마비나 돌연사하는 사람은 일그러진 표정을 지을 짬이 없거든요. 사체의 입가에서 살짝 시큼한 냄새가 나기에 강제로 독을 먹였다고 결론지었습니다. 원한을 사 강제로 독을 먹였으니 시체의 얼굴에 두려운 표정이 나타났다고 추측했지요. 배제법에 의해 이런 결론에 도달했습니다. 어떤 다른 가설도 상황에 부합되지 않았으니까요. 이런 식의 살인이 드물다고 생각하지 말아요. 독극물 살인은 범죄 연감에 수두룩 나오는 행위니까. 어떤 독극물 학자든 당장에 오데사의 돌스키 사건과 몽펠리에의 르튀리에를 떠올릴 겁니다.

이제 그러고 나서는 범죄 동기와 관련된 큰 의문점에 이르렀지요. 없어진 게 없으니 절도가 살해 목적은 아니었습니다. 그렇다면 정치적인 사건일까, 아니면 여자 문제? 그 질문과 맞닥뜨렸지요. 전자에서 후자로 마음이 기울어지더군요. 정치적인 암살자들은 일을 마치면 부리나케 도망칩니다. 그런데 범인은 아주 유유자적 범행을 했고, 현장 곳곳에 흔적을 남겨서 그가 쭉 거기 있었음을 보여줬습니다. 그렇게 철저하게 복수해야 했다면, 개인적인 원한이지 정치적인 증오가 아님이 분명했습니다. 벽에 적힌 글씨를 발견하자, 내 예상에 더욱 확신이 생기더군요. 속임수가 너무 빤했어요. 하지만 반지를 발견하자 문제가 되었습니다. 범인은 반지를 이용해서 피해자에게 이미 죽거나 없어진 여자를 상기시키려 했음이 분명했습니다. 이때 나는 그레그슨에게 클리블랜드에 전보를 칠 때 드레버의 특정한 과거 이력에 대해 알아봤냐고 물어봤지요. 박사도 기억하겠지만 그레그슨은 아니라고 대답했고요.

방을 샅샅이 살피면서, 범인의 신장을 예측하고 트리치노폴리 시가와 손톱 길이에 대한 부분들을 추가로 더 알아보았습니다. 피해자가 저항한 흔적이 없으니, 바닥에 홍건한 피는 범인이 흥분해서 흘린 것이라는 결론이 이미 나왔지요. 핏자국이 그의 족적과 위치상 맞아떨어지는 것도 간파할 수 있었습니다. 범인이 혈기왕성하지 않으면, 단지 감정때문에 이렇게 피를 흘릴 리 없지요. 따라서 범인은 건장한 체격이고 얼굴이 붉을 것이라고 과감하게 추측한 겁니다. 사건들은 내 판단이 옳았음을 증명해주었고요.

나는 그 집에서 나와 그레그슨이 제대로 하지 못한 일을 처리했지요. 클리블랜드 경찰서장에게 이녹 드레버의 결혼과 관련된 정보를 요청하는 전보를 보냈습니다. 회신은 결정적이었지요. 이미 드레버가 제퍼슨 호프라는 과거 연적에 대해 법적 보호를 요청했으며, 호프는 현재

유럽에 체류 중이라고 했습니다. 이제 사건의 실마리를 확보했으니, 범인을 잡아들이는 일만 남았다는 걸 알았지요.

나는 드레버와 집으로 들어간 사람이 마부였다는 확신이 있었습니다. 도로에 난 흔적들을 볼 때, 밖에 누가 지키고 있었다면 말이 그렇게 이리저리 돌아다녔을 리 없었으니까요. 마부가 집 안이 아니면 어디 있을 수 있겠습니까? 제정신이라면 제삼자가 보는 데서 고의로 범행한다는 건 어불성설 아닌가요? 분명히 제삼자가 발설할 테니까요. 마지막으로 런던에서 누군가를 미행하려 할 때 택시 마부가 적격이라는 생각이 들었지요. 모든 걸 고려해봤을 때, 런던의 택시 마차 집합지에 제퍼슨 호프가 있으리라는 부인 못할 결론에 이르렀습니다.

지금껏 택시 마부였는데 불쑥 그만뒀을 거라고 믿을 이유가 없었지요. 그의 입장에서는 오히려 급작스러운 변화가 시선을 끌 위험도 있을 테고. 적어도 한동안은 마부 일을 지속할 심산이었겠지요. 가명을 썼을 거라고 예상할 이유도 없었습니다. 본명을 아는 사람이 없는 나라에서 뭐 하러 이름을 바꾸겠습니까? 그래서 부랑아 수사대를 조직해, 내가 찾는 사람을 만날 때까지 런던의 모든 택시 마차를 체계적으로 뒤지게 했지요. 아이들이 얼마나 일을 잘해냈는지, 또 그 소기의 성과를 내가 얼마나 신속히 활용했는지는 아마 박사가 잘 알 겁니다. 스탠거슨 살해는 전혀 예기치 못한 일이지만, 예상했어도 막지 못했을 겁니다. 독극물에 의한 살인이라는 것을 이 사건을 통해 확신했지요. 모든 것이 막힘없이 논리적으로 쭉 연결됩니다."

"대단합니다! 홈스 선생의 사건 추리 방법은 세상에 널리 알려야 합니다! 사건 백서를 발간해야지요. 선생이 안 하면 내가 대신하겠습니다."

"뜻대로 하십시오, 박사. 이걸 봐요!" 셜록 홈스는 신

문을 넘겨주면서 덧붙였다. "여기를 읽어봐요!"

그날의 신문 〈에코〉였다. 홈스가 가리킨 대목은 바로 이 사건 기사였다.

이녹 드레버와 조지프 스탠거슨의 살인 용의자였던 호프의 돌연사로 대중의 뜨거운 관심이 가라앉았다. 정통한 소식통에 따르면 오랜 치정에 얽힌 원한 사건이라지만, 세세한 사항은 밝혀지지 않았다. 두 피해자 모두 젊은 시절 후기성도 교회 신자로 추정되고, 사망한 범인 호프 역시 솔트레이크시티 출신이다. 사건은 별다른 일 없이 마무리되었지만 적어도 우리 경찰의 수사력이 이만큼 뛰어나다는 것을 보여주었고, 외국인들에게 자국 내에서의 원한을 영국까지 끌고 와서는 안 된다는 경고의 메시지를 보냈다. 범인 체포에 기여한 인물은 런던 경찰국 수사관 레스트레이드와 그레그슨이다. 범인이 체포된 곳은 셜록 홈스라는 이의 집으로 알려졌다. 홈스는 탐정 수사에 꽤 재능이 있는 아마추어로, 향후 두 수사관의 도움을 받는다면 어느 정도 수사 기법을 터득할 것으로 보인다. 이 사건을 해결한 두 수사관에게는 공로상이 수여될 것으로 예상된다.

셜록 홈스가 웃음을 터뜨리면서 외쳤다. "애초에 내가 그럴 거라고 말하지 않았습니까? 이게 우리 '주홍색 연구'의 결과입니다. 그들에게 공로상을 안겨주는 것이!"

"언짢아하지 말아요. 내 일지에 모든 사실이 기록되어 있으니, 훗날 대중에게 알려질 겁니다. 그때까지는 로마의 수전노처럼 성공을 자축해야 할 겁니다."

사람들이 야유하지만, 난 집에서 돈궤 속의 돈을 생각하며 나에게 박수를 보낸다.

셜록 홈스, 그 위대한 역사

작가 아서 코난 도일

아서 코난 도일은 1859년 스코틀랜드에서 태어났다. 빅토리아 여왕 재임 기간(1837~1900)이던 19세기 중반은 몇십 년에 이른 산업혁명의 효과들이 영국뿐만 아니라 유럽 전반에 서서히 나타나던 시기였다. 한 예로 1851년에는 파리에서 만국박람회가 개최된 바 있다.

경제의 급속한 팽창에 힘입어 정치는 한층 제국주의적 형태(셜록 홈스의 패션 아이템인 헌팅캡과 해포석 담배 파이프는 전형적인 제국주의 상징물이다)를 띠어갔으며, 적자생존으로 해석된 통속적 다윈주의가 문화적으로 각광받게 되었다. 도일의 작품에 세포이 반란(영국의 관점에서는 반란이고 인도의 관점에 서는 항쟁이다) 등 식민지 인도와 관련된 이야기들이 많은 것도 이와 무관하지 않다. 성장기에 코난 도일은 아버지보다는 어머니인 메리 도일의 영향을 크게 받았다. 아버지 형제들은 유명 삽화가나 박물관장을 보냈을 정도로 유능했으나 유독 아버지만은 사회적 성공과는 거리가 멀어 자격지심에 빠진 나머지 알코올의존증에 이르고 말았다. 쇠락한 귀족 가문의 후예였던 메리 도일은 아들을 아버지와 떼어놓기 위해 경제적으로 곤궁했음에도 당시 최고의 의과대학이던 에든버러 의과대학에 진학시켰다. 코난 도일은 거기서 운명적으로 셜록 홈스의 모델이 된 스승 조셉 벨 박사를 만난다.

의과대학을 졸업한 코난 도일은 아프리카 서해안을 항해하는 화물선에서 의사로 일하다가 귀국해서 동창생과 함께 개업했다. 그러나 다투는 바람에 곧 헤어지고, 혼자서 안과 의원을 개업하면서 글쓰기를 시작했다. 여러 차례 집필과 투고를 반복하지만 한동안 작가로서 주목받지 못하다가 셜록 홈스가 등장하는 두 번째 작품 《네 개의 서명》이 크게 성공했다. 사실 글 쓰는 데 재능을 보였던 도일은 내심 의사로서 살아가기보다 집필에 뜻을 두고 있었다. 1889년에 발표한 역사소설 《마이카 클라크 (Micah Clarke)》는 오스카 와일드로부터 크게 칭찬을 받기도 했다.

심령학 서적을 집필한 추리소설가

코난 도일이 본격적으로 대중에게 알려진 것은 《보혜미아 왕실 스캔들》과 《빨강 머리 연맹》이 어느 편집자의 눈에 띄어 《스트랜드 매거진》에 실리면서였다. 그 후 거의 모든 홈스 이야기는 이 잡지에 연재되었다.

코난 도일은 매우 활발한 성격이었다. 도일이 40대에 이르렀을 때에는 보어전쟁이 발발하였는데, 적지 않은 나이였음에도 사회를 위해 기꺼이 군의관으로 참전하였다. 이 공로로 도일은 기사 작위를 받았다. 20세기 초반에는 두 번이나 국회의원에 도전하지만 모두 낙선하였다. 도일은 다재다능한 사람으로 '남자라면 무릇 세상의 모든 일을 경험해봐야 한다'는 주의를 가진 활력이 넘치는 활동가였다. 오토바이광이자 아마추어 권투 선수였으며 크리켓 솜씨 또한 수준급이었다.

1906년 아내 루이스 호킨스가 결핵으로 세상을 떠나고 이듬해 진 래키와 재혼했다. 두 번 결혼했던 그는 지인에게 관대하고 너그러웠으며, 금전적 정신적 지원을 마다하지 않은 좋은 사람이었다.

그의 인생에서 주목할 만한 점은 심령학에 관한 책을

집필했다는 점이다. 그의 직업이 추리소설 작가이자 의사라는 점을 감안하면 매우 독특한 행보였다. 제1차 세계대전 때 아들 킹슬리가 세상을 떠나자 심령학에 빠지기 시작하였고, 어머니와 동생이 죽자 그 일에 더욱 매진해 《새로운 계시(The New Revelation)》 같은 심령학 서적을 출간하기도 했다.

그는 1929년부터 협심증을 앓기 시작했으며 1930년 7월에 서식스에서 심장 발작으로 사망해 윈들셤의 정원에 묻혔다. 셜록 홈스 이야기를 연재했던 《스트랜드 매거진》은 다음과 같은 추도사로 코난 도일의 인생을 요약했다.

그는 인생을 한껏 누리며 살았다.

셜록 홈스가 제시한 탐정의 덕목

독자들은 다방면에 매력이 넘치는 셜록 홈스는 잘 알아도 정작 작가 코난 도일의 이름을 모르는 경우가 왕왕 있다. 이 현상에 대해 1930년대 영국에서 시와 비평으로 문명(文名)을 떨쳤던 집단 오든(Auden)은 톨스토이의 '안나 카레니나'와 '셜록 홈스'를 비교하면서, 안나 카레니나는 소설의 배경에서 떼어낼 수 없는 인물이지만, 홈스는 그렇지 않기 때문이라고 주장한 바 있다. 그들에 따르면 신화를 만들어내는 상상력(Mythopoeic imagination)의 산물인 셜록 홈스의 존재는 사회적 역사적 맥락에 구속되지 않기 때문에, 작가의 캐릭터라기보다는 독자의 캐릭터라는 것이다.

오든의 흥미로운 해석은 셜록 홈스를 제재로 쓴 다른 작가의 작품, 패러디(소재나 문체를 흉내 내어 풍자적으로 표현)와 패스티쉬(원작의 캐릭터와 분위기를 충실히 모방)가 왜 그리 많은지를 잘 설명해준다. 대표적으로 니콜라스 메이어의 《셜록 홈스의 7퍼센트 용액(The Seven-Per-Cent Solution)》과 설홍주를 등장시킨 우리 작가 한동진의 《경성 탐정록》이 있다.

셜록 홈스가 제시한 훌륭한 탐정이 가져야 할 세 가지 덕목을 살펴보자.

첫째, 관찰력이다. 관찰하는 것과 단순히 보는 것은 엄연히 다르다. 셜록 홈스는 여자를 볼 때면 옷소매를, 남자를 볼 때면 바지 무릎을 본다. 아니, 관찰한다. 남다른 관찰력은 셜록 홈스만이 가진 능력이기도 하지만, '사소한 것을 관찰한다'는 의미에서 프로이트에 가닿아 있는 시대정신이기도 하다. 셜록 홈스의 애독자였던 프로이트는 '농담' 같은 사소한 표현 행위의 분석을 통해 상대의 진의를 파악한다. 둘째, 추리 방법인 가추법(Abdution, 假推法)이다. 물론 원문의 표현은 추리 과학(The Science of Deduction)이지만, 연역법(Deduction)과는 분명한 차이가 있기에 가추법이라고 의역하는 게 낫겠다.

가추법이라는 신조어를 처음 만들어 낸 사람은 《장미의 이름(Il nome della rosa)》으로 유명한 이탈리아 기호학자이자 추리소설가인 움베르토 에코다. 그는 찰스 샌더스 퍼스의 기호학을 연구하던 차에 퍼스의 논리가 셜록홈스의 논리와 같다는 것을 발견했다. 연역 추리가 사례로부터 결과로 나아간다면(① 모든 사람은 죽는다[대전제], ② 코난 도일은 사람이다[사례], ③ 그러므로 코난 도일은 죽는다[결과]), 가추법은 결과(③)로부터 사례(②)로 나아간다. 가추법은 흔히 '상식의 논리'로 통하다가—셜록 홈스의 추리가 때로는 빤한 이유가 바로 그 때문이다—19세기가 되어서야 명확히 인식되기 시작했다. 그러나 태양 아래 새로운 것은 없다는 가추법을, 계몽주의를 대표하는 볼테르의 자디그적 방법론과 비교하기도 한다. 자디그는 성경의 욥과 같은 고난을 겪은 바빌로니아 청년으로, 본 적이 없는 '도난당한 왕의 말과 여왕의 개'의 외관을 정확히 추리해내는 바람에 도둑으로 체포된다. 바로 이 추리법이 셜록 홈스의 가추법과 같다는 것이다.

셋째, 지식이다. 셜록 홈스는 박학다식으로 정평이 난 인물이다. 런던의 주요 거리와 지역 곳곳에 대해 속속들이 알고 있을 뿐만 아니라, 해부학, 화학, 통계학, 양봉 기술, 지문학, 독극 물학, 심지어 75가지 향수를 구별하는 지식까지, 과연 한 사람이 무슨 수로 그 많은 지식을 얻었을까 의심이 들 정도로 해박하다.

작품 소개

아서 코난 도일은 4편의 장편 추리소설과 56편에 이르는 단편 추리소설을 쓴 것으로 알려져 있다. 앞서 얘기했듯 그 대부분은 《스트랜드 매거진》에 연재되었으며, 셜록 홈스의 폭발적 인기에 힘입어 잡지가 수십만 부나 팔렸을 정도로 사회적 반향이 엄청났다고 한다. 당시의 분위기를 보여 주는 증언이 있다.

모든 잡지 가판대마다 1실링짜리 싸구려 탐정소설이 꽂혀 있고, 정기 구독자를 겨냥한 잡지라면 반드시 강도와 살인 미스터리를 실어야 한다.

셜록 홈스 시리즈에서 장편보다 단편이 압도적으로 많은 이유는 홈스라는 인물을 드러내기에 장편보다는 단편이 더욱 효과적이라서 그렇다는 의견이 지배적이다. 셜록 홈스라는 탐정은 아주 짧은 시간 동안 재기 넘치는 추리를 펼치며 독자에게 강한 인상을 남긴다.

사실 4편의 장편 역시 굳이 분량을 따졌을 때 장편이라고 구분 지을 뿐 그다지 긴 이야기라는 느낌은 들지 않는다. 장편에서 핵심 인물인 홈스의 역할 비중을 따져보면 단편이나 중편에 가깝다는 뜻이다. 다만, 단편에 비해 사건의 규모가 약간 크거나 범죄의 얼개가 좀 더 복잡하게 얽혀 있을 뿐 홈스는 단편에서 보여주는 모습처럼 짧고 굵게 활약한다.

결국 홈스는 장·단편을 구분하지 않고 비슷하게 모습을 드러내며 비슷한 일을 한다. 여기에서 셜록 홈스의 장편 4편에 대해 살펴보겠다.

주홍색 연구

동거인을 구하던 왓슨은 홈스를 소개받는다. 특이한 행동을 보이는 홈스가 썩 마음에 들지는 않았지만, 사람의 겉모습만 보고도 어떤 사람인지 알아내는 능력 등의 특이한 재능에 서서히 끌린다. 어느 날, 그레그슨 경감에게 홈스를 찾는 연락이 오고, 홈스와 함께 간 곳에는 외상 하나 없는 남자의 시신이 있었다. 정원과 실내를 관찰하고는 홈스는 피해자가 독살당했으며, 가해자는 180센티의 신장에 인도산 트리치노폴리 담배를 피운다고 추리하는데……. 최초의 장편 추리소설인 《주홍색 연구》는 1887년판 《비턴의 크리스마스》 연감에 발표되었으며 단행본은 다음 해에 나왔다. 여기서 우리는 홈스가 처음 등장하는 장면에 주목할 필요가 있다.

> 실험실에는 연구원 한 명만 있었는데, 그는 멀리 있는 탁자에서 몸을 굽히고 일에 몰두하고 있었다. 우리 발소리를 듣고 그가 힐끗 돌아보더니 환호성을 지르면서 허리를 폈다.
> "찾았어요! 찾았어!"

조금 논리적 비약의 무례를 용인받는다면, 셜록 홈스는 무엇보다 '실험적 인간'이며, 그것은 다름 아닌 삶을 끊임없이 시험대에 올려놓고자 했던 코난 도일의 각인된 모습이며, 나아가서 가추법은 결론으로 도출되고 난 뒤에도 언제든 새로운 실험에 의해 뒤집어질 수 있다는 점에서 영국적 정신의 표현이라고 주장할 수도 있을 것이다. 영국적 정신은 이념이라는 대륙적 정신에 반대한다.

모르몬교를 다룬 이 작품에서 셜록 홈스는 뚜렷한 이목구비에 매부리코, 꿰뚫어 보는 듯한 날카로운 눈을 가진 경이로운 직관력을 가진 인물로 그려진다. 차츰 독자에게 친숙해지는 레스트레이드 형사와 그레그슨 형사가 등장하며, 홈스는 포의 뒤팽을 '상당히 능력이 떨어지는 사람'으로, 가브리오의 르콕 탐정을 '자신은 하루 만에 해치울 일을 반년이나 끄는 무능한 사람'으로 평가한다.

그런데 왜 하필 주홍색 연구일까? 어느 학자에 의하면 런던의 색은 무엇보다 붉은색이다. 지표에 철 성분이 많아 상토를 살짝 들춰내면 붉은색을 띤다는 것이다.

네 개의 서명

사건 의뢰가 없어 무료함에 빠진 홈스에게 젊은 여성인 메리 모스턴이 찾아온다. 그녀의 아버지는 인도에서 장교로 복무 중이고, 어머니는 일찍 세상을 떠나 어렸을 때부터 영국에서 혼자 살았다고 한다. 그러던 어느 날, 메리 모스턴은 자신의 주소를 묻는 신문광고를 보았고, 그녀는 신문광고란에 자신의 주소를 알렸다. 그러고 나서 매년 이유도 모른 채 누군가로부터 진주 한 알씩을 받아 왔고, 이번에는 직접 만나자는 편지를 받았다고 한다. 메리 모스턴은 이 문제에 대해 상담하기 위해 홈스를 찾아가는데…….

1890년 2월 '네 개의 서명 그리고 숄토가의 의혹'이라는 제목으로 《리핀코트 매거진》에 실렸다. 홈스의 유명한 어록 중 하나인 '불가능한 결론을 다 제쳐두었을 때하나 남은 결론이 아무리 기이하게 보일지라도 진실이다'라는 얘기가 나온다. 소설 후반부의 〈조너선 스몰의 이상한 이야기〉는 다른 단편소설과 달리 치밀한 구성에서 오는 긴장감을 떨어뜨린다는 지적을 받고 있다.

배스커빌 가의 개

유서 깊은 귀족 가문의 찰스 배스커빌은 어느 날 수수께끼 같은 죽음을 맞는다. 사건 현장 옆에는 거대한 개의 발자국이 발견되었다. 그리고 유산 상속자인 헨리 배스커빌은 '황무지에서 멀어지라'는 경고성의 편지를 받는다. 헨리의 친구 제임스 모티머는 셜록 홈스에게 자문을 구하고, 왓슨이 먼저 사건 현장에 가서 진상을 조사하게 되는데…….

1901년 8월호부터 1902년 4월호까지 《스트랜드 매거진》에 나누어 연재되었다. 불꽃이 일렁이는 턱과 쏘는 듯한 눈을 가진 짐승에게 쫓긴 찰스 경은 주목나무 길 끝에서 심장병과 공포로 죽고 만다. 상속자인 헨리 배스커빌

경이 나타나고 홈스는 범인이 새 구두가 아니라 헌 구두를 가져간 것에 촉각을 곤두세운다.

공포의 계곡

명망 있는 벌스톤 저택의 주인이 얼굴도 알아볼 수 없을 정도의 끔찍한 총상을 입고 살해당했다. 저택 안에는 아내와, 그의 친구라는 한 남자, 하인들만 있을 뿐이다. 여섯 시만 되면 해자 위로 성과 밖을 연결해주는 다리를 올려버리는 이곳에서 어떻게 범인이 숨어 들어와 범죄를 저지른 것일까? 벌스톤의 비극이 알 수 없는 지경으로 번져가고 있을 때, 사건의 단서들을 찾아낸 홈스는 살해당한 자가 성의 주인인 더글라스가 아니라 사실은 그를 살해하려고 왔던 자임을 밝혀내는데…….

제1차 세계대전이 발발한 1914년 9월에서 1915년 5월까지 《스트랜드 매거진》에 연재되었다. 홈스의 숙적이자 암살의 대가인 모리아티 교수가 등장하는 작품으로 장편소설의 대미를 장식한다. 밀실의 수수께끼와 하드보일드(Hard-boiled)적 요소가 결합된 독특한 작품으로 평가받는다.

백휴(추리 소설 작가)

1859년 5월 22일 스코틀랜드 에든버러에서 아버지 찰스 도일과
어머니 메리 도일 사이에서 둘째 아들로 태어났다.

1870년 랭카스의 예수회 학교인 스토니 허스트에서 5년간 중등
교육을 받았다.

1875년 펠트커크에 위치한 예수회 대학에서 수학했다. 이후 의
학 공부를 위해 에든버러 의과대학에 입학했고, 에든버
러 보건소 외과 의사인 조셉 벨 밑에서 수학했다. 은사였
던 조셉 벨 교수는 독특한 유머와 날카로운 관찰력을 지
닌 사람으로, 후에 셜록 홈스의 모델이 된다.

1879년 《사사싸 계곡의 미스터리》를 에든버러의 주간지《챔버스
저널》에 기고했다.

1881년 대학을 졸업하고 의사 자격증을 획득한 뒤 아프리카 서
해안을 항해하는 화물선의 선의로 근무했다.

1882년 폴리머스시 교외에서 병원을 개업했다. 1872년에 발생한
메리 셀레스트 호의 승무원 실종 사건을 소재로 삼은 단
편소설《J. 하바쿡 제퍼슨의 증언》을 익명으로《콘힐 매
거진》이라는 잡지에 투고했고 1884년 1월호에 실렸다.

1885년 루이스 호킨스와 결혼했다. 매독에 대한 논문으로 의학
박사 학위를 취득했다.

1886년 전부터 동경해오던 에드거 앨런 포와 에밀 가보리오의 영향으로 탐정소설을 쓰기로 결심하고 홈스 시리즈 중 최초의 작품인《주홍색 연구》를 완성하지만 출판사에서 출간을 원하지 않아 이듬해에 발표되었다.

1889년 역사 소설인《마이카 클라크》가 출간되어 인기를 얻었다.

1890년《굳건한 거들스턴》을 출간했다.《네 개의 서명》이《리핀코트 매거진》에 실렸다. 안과학을 공부하기 위해 오스트리아 비엔나로 떠났다.

1891년 런던에서 안과 전문의로 개업했지만 경영 악화로 의사 생활을 접고 작가로 살아갈 것을 결심했다. 사우스노드로 거주지를 옮기고《스트랜드 매거진》에 홈스 시리즈를 차례로 발표했다.

1892년 셜록 홈스 시리즈의 첫 번째 단편집《셜록 홈스의 모험》이 출간됐다.

1893년 아내 루이스가 결핵 진단을 받았다. 셜록 홈스 단편이《스트랜드 매거진》에 계속 발표된 뒤《셜록 홈스의 회상》이라는 제목으로 묶이고, 이중 하나가 〈마지막 사건〉인데, 코난 도일은 셜록 홈스가 라이헨바흐 계곡에서 떨어져 죽는 것으로 설정했다. 아버지 찰스 도일이 사망했다.

1894년《붉은 등불 주위에서》를 출간했다.

1900년 보어전쟁 당시 남아프리카로 자원하여 떠났다.《위대한 보어전쟁》을 출간했다. 에든버러 선거구에서 자유연합당원 후보자로 출마했으나 낙선했다.

1902년 기사 작위를 수여받았다.

1903년 독자들의 요청으로 다시 홈스 시리즈를 집필했다.

1905년 세 번째 단편집인 《셜록 홈스의 귀환》을 출간했다.

1906년 아내인 루이스가 사망했다.

1907년 진 레키와 재혼한 후에 서섹스 주로 이주했다.

1911년 독일, 영국, 스코틀랜드를 횡단하는 자동차 경주에 참가했다.

1912년 SF소설 《잃어버린 세계》를 출간했다.

1914년 제1차 대전이 발발하자 자원해서 참전했다. 홈스 이야기인 《공포의 계곡》이 《스트랜드 매거진》에 연재되었다.

1916년 처음으로 전선을 방문하여 프랑스에서 영국의 참전을 촉구했다. 더블린에서 부활절 봉기 반역 혐의로 처형당한 로저 케이스먼트 경의 구명 운동이 무위로 돌아갔다(《잃어버린 세계》에서 존 록스턴 경은 부분적으로는 케이스먼트 경의 모델이다).

1917년 《스트랜드 매거진》에 단문 〈셜록 홈스 씨의 성격에 대한 소고〉를 발표했다. 네 번째 단편집인 《셜록 홈스의 마지막 인사》를 출간했다.

1927년 다섯 번째 단편집 《셜록 홈스의 사건집》을 출간했다.

1930년 7월 7일, 크로버러 저택에서 사망했다.

옮긴이 **공경희**

서울대학교 영어영문학과를 졸업한 후 번역 작가로 활동 중이며, 성균관대학교 번역 TESOL 대학원 겸임 교수를 역임하였다. 번역서로 《시간의 모래밭》《매디슨 카운티의 다리》《모리와 함께한 화요일》《타샤의 정원》《호밀밭의 파수꾼》《파이 이야기》《프레디 머큐리》《퀸 인 3D》《문워크》《로켓맨》 등이 있으며 저서로 북 에세이 《아직도 거기, 머물다》가 있다.

주홍색 연구

1판 1쇄 펴낸 날 2020년 6월 15일

지 은 이   아서 코난 도일
옮 긴 이   공경희
펴 낸 이   장영재
펴 낸 곳   (주)미르북컴퍼니
자 회 사   더모던
전   화   02)3141-4421
팩   스   02)3141-4428
등   록   2012년 3월 16일(제313-2012-81호)
주   소   서울시 마포구 성미산로32길 12, 2층 (우 03983)
E-mail   sanhonjinju@naver.com
카   페   cafe.naver.com/mirbookcompany